PAPIER
FRESSERCHEN

DIE BÜCHER MIT DEM **DRACHEN**

MTW-VERLAG

Impressum:

Alle Personen und Handlungen des Buches sind frei erfunden.
Ähnlichkeiten mit lebenden oder verstorbenen Personen sind
zufällig und nicht beabsichtigt.

Besuchen Sie uns im Internet:
www.papierfresserchen.de

Herausgegeben von Martina Meier – www.cat-creativ.at

in Auftrag von
© 2022 – Papierfresserchens MTM-Verlag
Mühlstraße 10, 88085 Langenargen

info@papierfresserchen.de
Alle Rechte vorbehalten.
Erstauflage 2022

Das Werk einschließlich aller seiner Teile ist urheberrechtlich geschützt.

Herstellung: CAT Creativ – www.cat-creativ.at
Titelbild: © Sven Roth;
Kerne: © Vadym Tynenko - Adobe Stock lizenziert
Bilder und Illustrationen Innenteil: © bei den jeweiligen Autoren
Illustration S. 4: Elena Schweitzer - Adobe Stock lizenziert

Druck: Bookpress, Polen
Gedruckt in der EU

ISBN: 978-3-99051-088-9 - Taschenbuch
ISBN: 978-3-99051-089-6 - E-Book

Martina Meier (Hrsg.)

Auf den Kern gebracht

Die Kürbis-Anthologie ..

Inhalt

Viel Spaß beim Lesen ...

Ein Kürbis am Rande seines Lebens

Bei den Holzkisten, in denen ich gemeinsam mit anderen Kürbissen lagerte, bremsten Autos herunter und sahen bei vermindertem Tempo nach mir und meinen Leidensgenossen. Nicht wenige blinkten, fuhren in die kiesige Parkbucht ein, gingen hin zu den Paletten, auf denen wir in Boxen lagen, und bezahlten schließlich die fünf, sechs oder sieben Euro, je nachdem, was auf dem Schild neben unserer Kiste stand. Mich nannten die anderen Kürbisse Eric. Zu Beginn unserer Lagerung hatte man uns gesagt, wir seien Durchreisende. Von den Feldern geholt, würde uns der Weg über diese Holzkisten neuen Besitzern zuführen. Obwohl ich mich durch den vorgezeichneten Pfad so gänzlich ohne Mitbestimmungsrecht ein wenig entmündigt fühlte, war jeder Widerspruch gegen Bevormundung zwecklos. Keine Chance, etwas dagegen zu unternehmen. Weder hätte der Bauer mein Anliegen gehört, noch es verstanden, falls ich es vorbringen würde, denn er sprach kein *Kürbisch*. Alle paar Tage kam der Bauer, ich und meine Kürbiskollegen klagten stumm.

In meinen Vorstellungen, die gelegentlich ihr Unwesen trieben, sah ich mich von Buben an Halloween ausgehöhlt zu einem Kerzenhalter verkommen, dem in mich hineingestellten Licht Schutz vor Unwetter bieten und all solche schrecklichen Dinge. Stand ich wahrlich schon im Endstadium meines Kürbisdaseins, unweigerlich dem Kürbisfriedhof nahe oder einem schlichten Komposthaufen zugeführt? In einem Thermomix zerhäckselt, um einer sämigen Kürbiscremesuppe Zutat zu sein? Als püriertes Etwas, bis zur Unkenntlichkeit verstümmelt, eben all das, was ich nicht sein wollte und dennoch nicht abwenden könnte, stellte sich in meinen Überlegungen dar. Das Schicksal sucht man sich nicht aus, insbesondere als pflanzliches Wesen wird man rasch Opfer hungriger Menschen, brutaler Umstände.

„Rübe ab", so würde mein Urteilsspruch lauten. So oder so ähnlich. Jeden möglichen Käufer hörte ich bereits Messer wetzen, sah mich zerstückelt in seinem Topf, in siedendem Wasser liegend, nach kürzester

Zeit weich gekocht. Alles, was einem Kürbis heilig ist, würde ich binnen weniger Momente verlieren und mich den Umständen hingeben müssen. Was ich vermeiden wollte, würde ich erleiden.

So ging das tagelang: Autos rauschten vorbei, manche drosselten ihre Geschwindigkeit, andere hielten sogar an. Plötzlich geschah es, die Hände eines Stehengebliebenen streiften meine orangene Haut länger als je irgendwelche Hände zuvor. Zarte Kinderhände, deren Inhaber herausposaunte, er wolle unter allen Umständen schon Stunden nach meiner Mitnahme von Mutters Kürbissuppe kosten. Keine Frage, ich wäre bald ein Opfer des Appetits. Ich würde meinen Kopf hinhalten müssen, mich wehrlos ausschaben lassen und mit meinem Innenleben den Hunger einer mir bislang völlig anonymen Familie stillen.

Mitgenommen wurde ich, auf den Beifahrersitz geschnallt, von der Rückbank aus durch den Lärm übermütiger Kinder beschallt. Permanent stritten sie über meinen Verwendungszweck, einer Verwendung, von der deren Vater behauptete, das letzte Wort sei längst gesprochen. Da hörte ich, ich lande in einem sprudelnden, dabei wohl leicht salzigen Becken.

So geschah es, dass Mädchen, Junge und Vater im Flur ihre Jacken ablegten, sie mich gleich darauf an die Hausherrin weiterreichten und das zuvor bloß in meiner Fantasie gewetzte Messer wahrhaftig mir die ersten Härchen krümmte, zunächst nur, um meinen Härtegrad und oberflächlich auch meine Genießbarkeit zu testen. Flugs verschwand die Hausherrin, die Mutter der beiden Kinder, auf der Toilette, nochmals Hände waschen, nachdem sie zwischenzeitlich niesen musste.

Hätte ich Füße gehabt, wäre ich geradewegs davongerannt. Doch nicht einmal Schneckentempo konnte ich einschlagen. Mich grämte die an sich vorhandene Gelegenheit, wegzulaufen, die ich allein wegen meiner körperlichen Beschaffenheit verstreichen lassen musste. Mit jeder Minute wurde mir der baldige Abschied von meinem Leben präsenter. Jawohl! Die längste Zeit meines Lebens war ich unversehrt geblieben. Das würde sich rasch ändern. Was galten meine Ansprüche, wenn eine vierköpfige Familie von mir satt werden konnte?

Wie unwahrscheinlich war es, dass sie im spätesten Augenblick ihre Gelüste zugunsten meiner Unversehrtheit zügelten. Gäbe es Gesetzbücher, deren Paragrafen auf meine Unantastbarkeit durch Menschenhand verwiesen, ich hätte entsprechende Seiten nicht einmal aufschlagen können. Arme und Beine zur Verteidigung meines Lebens fehlten mir. Niemals zuvor hatte ich dermaßen mit meinen Unzulänglichkeiten gehadert.

„Hole mich zum Teufel nicht dies siedende Wasser", flehte ich. Unter Höllenqualen ausgekocht zu werden, war eine Bestrafung, die ich mir durch keine Sünde verdient hatte. Verdammt.

Urplötzlich fluchte die Mutter, denn im Wohnzimmer stritten ihre Kinder. Sie tobten, sie schlugen gegenseitig aufeinander ein, zogen an Ärmchen, kratzten an Beinen, bissen in Schultern, ehe das Mädchen weinte und die Mutter, die eigentlich kochen sollte, schimpfen und schlichten musste.

Der Vater, der nachdrücklich auf meinen Verwendungszweck hinwies, ging unter, als er forderte: „In den Topf mit ihm!"

Mutter zog den Jungen in die Ecke des Esszimmers, schalt ihn und streichelte nebenher das Mädchen. Ausgiebige Diskussionen mit Schuldzuweisungen folgten, obwohl es der Mutter pressierte, das Essen zu Tisch zu bringen.

Wurde ich abgeschlachtet, weil die Familie, vegetarisch wie sie sich ernährte, kein Tierblut, aber den Saft meines Fleisches ohne Probleme fließen sehen konnte? Ich fühlte mich von diesen Menschen gegängelt, von ihrer Doppelmoral um mein Leben betrogen.

Eine Zeit lang Stille. Dann hörte ich die Mutter dem Mädchen *Happy Birthday* singen. Anschließend stammelte die Mutter: „Wenn du meinst. Es ist dein Geburtstag."

„Ihr Geburtstag, ihr Geburtstag", äffte der Bruder seine Mutter nach.

„Wo unser Sohn recht hat, die Suppe war versprochen", stimmte der Vater in dessen Ton mit ein.

Durch den hartnäckigen und einstimmig vorgetragenen Widerstand von Vater und Sohn war die Mutter nun trotz der Bitte ihrer Tochter fest entschlossen, mich ins nicht nur dampfende, sondern regelrecht sprudelnde Wasser hineinzugeben, mich zuvor aber zu zerteilen. Sie trug mich in die Küche, eine Prise körnigen Salzes gab sie in den Topf … Und jetzt? Die Mutter legte das Messer auf meiner obersten Haut an und ich spürte bereits meinen Nektar fließen. Oh nein!

Das Mädchen, von beherzter Natur wie seine Mutter, durchbohrte diese mit zu Herzen gehenden Blicken. Konnte sie die Mutter weich kochen, bevor Selbiges mit mir armem Kürbis geschehen würde? Wie wahr! Der Mutter sank das Messer ohne Ankündigung förmlich zurück auf die Anrichte.

„Menschenskind", wisperte sie und warf dann die Hände über dem Kopf zusammen. Und das Mädchen mit dem Namen Nadine entwendete mich, nahm mich zu sich hinauf in ihr Bett, wog mich sanft, wie Kinder ihres Alters es normalerweise nur mit Kuscheltieren und Puppen tun.

Seit diesem Tag, als Vater und Sohn noch die halbe Nacht über ihr entgangenes Festmahl lamentierten und ich über dieser mir durchaus nicht unangenehmen Melodie eingedöst bin, kommt es mir vor, als wäre ich unsterblich. Ich scheine mich durch die Zuwendung und Pflege des Mädchens andauernd zu verjüngen. Kein Tag vergeht, ohne dass ich über meine damalige Befreiung juble und froh bin, meinem angedachten Schicksal entronnen zu sein. Tag für Tag fühle ich mich dank Nadines Engagement als vollwertiges Mitglied von Familie Reischl. Nadine allein habe ich es zu verdanken, dass ich am Leben bin und von denen mittlerweile geschätzt werde, die mich einstmals abschlachten wollten.

Oliver Fahn wurde 1980 in der Kreisstadt Pfaffenhofen an der Ilm im Herzen Oberbayerns geboren. Der Heilerziehungspfleger lebt dort zusammen mit seiner Frau und seinen beiden Söhnen. Neben dem Schreiben zählt Langstreckenlauf zu seinen Leidenschaften.

Kein Gemüse

Als Butternut, Muskat oder Hokkaido bekannt,
existiert der Kürbis in vielen bunten Sorten.
Er erfreut sich großer Beliebtheit im Land,
ob als Pudding, Marmelade, Kompott oder Torten.

Das aromatische Fruchtgemüse zählt zu den Beeren,
es ist vielseitig einsetzbar und gesund.
Es deckt ab, was wir so an Leckereien begehren,
in Massen verputzt wird man nicht mal rund.

Kathinka Reusswig, *geboren 1980, Abitur, Studium. Wohnhaft in Schlüchtern, Hessen.*

Elf Kürbisse

Ein Kürbis, noch klein, fragte keck
nach seines Heranwachsens Zweck.
D'rauf es hieß: „Gib doch Ruh'!
Wirst schon seh'n! Werde du
erst mal groß! Lass dich ernten und schmeck!"

Ein Kürbis sah nachts in die Ferne
und zählte die zahllosen Sterne.
Er verzählte sich schnell
und begann auf der Stell'
aus der Nähe zu zähl'n seine Kerne.

Ein Kürbis berichtigte gern
das Sprichwort von Schale und Kern:
„Zwar ist hart meine Schal',
doch zu nennen die Zahl
meiner Kerne, die weich, liegt mir fern."

Ein Kürbis sah fall'n eine Schnuppe,
die Teil einer Sternschnuppentruppe.
Ob verfehlt sie ihr Ziel,
er sich frug, als sie fiel
zu den Teil'n seines Trupps in die Suppe.

Ein Kürbis versendete Grüße
an Saft'ge, an Scharfe, an Süße.
Zwar als freundlich er galt,
aber auch als zu alt
für das leckere junge Gemüse.

Ein Kürbis erschrak bei der Ernte,
als man ihn vom Stiele entfernte,
der ihm wuchs erst ans Herz,
als den trennenden Schmerz
seines Abschiedes kennen er lernte.

Ein Kürbis war letztlich der schwerste
und somit der Wettbewerbserste.
Riesig freu'n er sich tat.
Gratulanten er bat:
„Wünscht mir Glück, dass vor Stolz ich nicht berste!"

Ein Kürbis in einer der Kisten
sprach: „Freunde, als ob wir's nicht wüssten!
Da ihr groß und begehrt,
werdet bald ihr verzehrt.
Muss mein Dasein als Zierkürbis fristen."

Ein Kürbis verströmte Gerüche,
lag offen herum in der Küche.
Doch das störte ihn nicht.
Laut dem Zeitungsbericht
war's normal, gab's im Lebenslauf Brüche.

Ein Kürbis versprach seinem Züchter:
„Wirst stolz auf mich sein. Ich werd' Dichter."
Wen'gstens war ein Gedicht
er als Zwischengericht,
wie geurteilt am Esstisch ein Richter.

Ein Kürbis bekam ein Gesicht,
ob eins er nun wollt' oder nicht.
Wär' geglückt das Projekt,
hätt' er Leute erschreckt,
statt zu enden als Kürbisgericht.

Wolfgang Rödig lebt in Mitterfels. Er hat seit 2003 mehr als 500 belletristische Kurztexte in Anthologien, Zeitschriften, Büchern ... veröffentlicht.

Seltsame Gelüste

am frühen Morgen

Bauch (grummelnd): „Ich will Kürbissuppe."

Hirn (von oben herab): „Du kannst doch keine Kürbissuppe zum Frühstück haben."

Bauch (enttäuscht): „Warum nicht?"

Hirn (belehrend): „Weil das kein Frühstück ist. Ein Marmeladenbrot wäre jetzt angebracht. Oder Müsli."

Bauch (trotzig): „Ich will aber kein klebrig süßes Marmeladenbrot und auch kein fades Müsli, ich habe Lust auf was Deftiges."

Herz (anfeuernd): „Setz dich durch, Bauch. Du weißt schon, was das Richtige für dich ist."

Hirn (beleidigt): „Herz, halt die Klappe. Du bist schon wieder rührselig. Kürbissuppe ist KEIN Frühstück."

Bauch (herausfordernd): „Sagt wer?"

Hirn (überheblich): „Alle Mütter dieser Welt."

Herz (mahnend): „Die meinen es zwar gut, aber sie haben nicht immer recht."

Bauch (zustimmend): „Genau."

Hirn (resigniert): „Hmpf. Dann mach, was du willst. Mir doch egal."

Bauch (triumphierend): „Yippie!"

Hirn (drohend): „Aber jammere nachher bloß nicht, wenn es dir schlecht geht! Ich habe dich gewarnt!"

Die Kürbissuppe schmeckt hervorragend. Sie führt wohlige Wärme und unschlagbare Zufriedenheit herbei, alles gut. Kein Bauchgrimmen oder sonstige Beschwerden.

Hirn (grübelnd)): „Ich verstehe das nicht. In meinem Speicher steht doch …"

Herz (mitfühlend): „Sei nicht immer so streng mit dir. Nicht alles, was man dir eingetrichtert hat, entspricht der Wahrheit."

Bauch (zufrieden): „Kann ich bestätigen. Von den aufgewärmten

Pilzen ist mir ja auch nicht schlecht geworden, falls du dich erinnern kannst."

Das Hirn denkt nach, analysiert dieses Faktum und sucht nach der Ursache.

Hirn (neutral): „Früher gab es keine Kühlschränke und deshalb fanden sich in Pilzgerichten vom Vortag jede Menge Zersetzungsbakterien. Das ist heute anders."

Bauch (frohlockend): „Genau, und nach dem Genuss von Steinobst kann man heute bedenkenlos Wasser trinken, weil es statt keimbelastetem Brunnenwasser sauberes Leitungswasser gibt."

Hirn (griesgrämig): „Jetzt fängst du wieder damit an. Lass es einfach, bitte."

Herz (vorsichtig): „Hirn, bist du sauer?"

Hirn (zerknirscht): „Ja, ein bisschen. Immer diese Fehlinformationen und Halbwahrheiten. Da bemüht man sich, alles zu behalten und dann stimmt die Hälfte davon gar nicht."

Bauch (aufmunternd): „Nimm es nicht so schwer, die meisten Informationen dienen unserem Schutz. Außer die Sache mit dem Frühstück und das mit dem rohen Kuchenteig ... bin schon still."

Herz (trällernd): „Lösch doch einfach die alte Info und ersetze sie durch die neue. Fürs nächste Mal."

Hirn (entmutigt): „Wenn das so einfach wäre. Je älter das Wissen, je früher eingepflanzt, desto schwerer bekomme ich das wieder raus."

Bauch (schmunzelnd): „Schlimme Sache. Ich habe meistens nach zwanzig Minuten vergessen, was man mir eingefüllt hat."

Hirn (leicht angesäuert): „Du hast leicht reden. Du bist ja auch für die Energieumwandlung zuständig und nicht für komplexe Vorgänge wie Datenspeicherung."

Herz (freudig): „Dann machen wir es einfach zusammen! Wir konzentrieren uns jetzt alle darauf, in uns zu verankern, dass Kürbissuppe zum Frühstück keine negativen Auswirkungen hat, einfach köstlich schmeckt und uns ein wunderbares Gefühl von Wärme und Sättigung beschert."

Und die Moral von der Geschicht'?
Der Bauch hat oftmals recht.

Liliana Wildling öffnete ihre Augen an einem Sonntagmorgen 1979. Die Autorin schreibt hauptsächlich Romane und Kurzgeschichten.

Kürbis, Fett und Feuerwehr

Immer wieder gern erzählte mir Harlander, wenn wir gerade in der Achterbahn saßen oder durch die Geisterbahn fuhren, wie er damals, siebenundachtzig, zur Volksmusik gekommen war. Ich meine, ich hatte ja die Geschichte schon tausendmal von ihm gehört, fand es aber immer wieder lustig, wenn er mit herumfuchtelnden Armen und rollenden Augen erklärte, was damals mit ihm passierte, was in seinem Innern vorging, als er das erste Mal, das war im Veldener Volksfest, das Lied hörte, das ihn zum bedingungslosen Anhänger der deutschen Volksmusik machte. Mit feuchten Äuglein sagte er dann immer: „Du, Boermel, das kannst du dir nicht vorstellen, ich habe dieses Lied sogar in meinem Sack gespürt!" Er meinte damit das Lied *Meinen Kameraden hab' ich gern verraten* von der mittlerweile ermordeten Kapelle *Die Oberbabinger hinterhältigen Kürbisköpf.*

Ich verstand Harlander gut. Auch ich habe, es war auf ähnliche Weise, meine Liebe zum *melodic hardcore* entdeckt. Ich saß damals in Jugoslawien mit meinem Kassettenrekorder auf einem Zeltplatz und hörte die völlig überbewertete Band *Queen*, als plötzlich aus einem der Nachbarzelte ein von oben bis unten bekotzter, holländischer Punk gekrochen kam und mir ein Tape mit der Aufschrift *Bad Religion* in die Hand drückte. Beim zweiten Lied *1000 more fools* gab es in meinem Kopf eine Explosion. Das war, als hätte jemand hinter meiner Stirn eine gut geschüttelte Flasche voll mit Glücksgefühl entkorkt – und ab diesem Moment wusste ich, dass *Queen* Scheiße ist.

Aber zurück zu Harlander. Mit seiner Liebe zur Volksmusik ging bei ihm auch eine gewisse Verkürbissung einher, wie das Seneca nannte. Er, Harlander, der eigentlich von Natur aus einen nur leicht gelblichen, eher beigefarbenen Teint hatte, vielleicht vergleichbar mit einem Käsekuchen oder mit frischem Sauerkraut, nahm jetzt immer mehr orangefarbene Hauttöne an. Ganz abgesehen von seiner Farbe begann er nun auch, schwer zuzunehmen. Harlander hatte im Grunde immer die Form eines Stehaufmännchens gehabt – und nun, nach seiner Verfettung, war der etwa 155 Zentimeter hohe Kerl mit seinen kurzen Beinen, dem schweren Wanst und seiner orangen Haut tatsächlich zu einem wandelnden *cucurbita maxima* geworden.

Harlanders Kopf indessen bildete nun einen Kürbis auf dem Kürbis. Seine Fettbacken fielen angesichts ihrer Masse lefzenartig über sein Fünffach-Kinn und sein Fünffach-Kinn wiederum lag schwer auf seinen schmalen Schultern. Wenn also Harlander wieder einmal nach dem Singen im Bierzelt einnickte, konnte man sehen, wie sein beutelartiges Gesichtchen bis zur Radieschen-Nase im Fettgewebe seines Kinns versank.

Harlander und ich, wir fuhren am liebsten Kinderkarussell. Ja, auf unseren sommerlichen Touren durch Bayern von Volksfest zu Volksfest, von Dult zu Dult hatten wir es besonders auf die Kinderkarussells abgesehen. Ich fuhr am liebsten in der Bimmelbahn oder saß auf dem Schaukelpferd, Harlander fuhr immer mit dem Feuerwehrauto. Immer! Immer saß Harlander im Feuerwehrauto und sang auf gut Bayrisch und mit fliegenden Fäusten sein Lied: „Meyneeen Kamero'n, hob i gern verro'n!" Aber leider, mit zunehmender Verkürbissung Harlanders, war es ihm unmöglich geworden, in einem Feuerwehrauto Platz zu finden.

Herausgefunden hatte er das, als er merkte, dass er nicht mehr aus einem der Feuerwehrautos entkam. Durch Verdrängung sämtlicher Luft aus der Fahrgastzelle des Autos hatte es Harlander sozusagen im Fahrzeug festgesaugt – er musste im Anschluss von der Feuerwehr aus dem Kinderkarussell-Feuerwehrauto geschnitten werden. Und das war das letzte Mal, dass mein Freund Harlander mit einem jener Kinderkarussells fahren konnte – und schlimmer noch – Harlander und ich fuhren ab nun, wegen Harlanders Fettmasse, in getrennten Gondeln, und diese Tatsache, nicht mehr mit Harlander in einem Boot zu sitzen, rettete mir das Leben.

Wir fuhren gerade Riesenrad. Die Fahrgastkabinen bei dem Ding waren rund. Man saß im Grunde in einer Art Schüssel oder so. Ich sah von meinem Sitzplatz aus Harlander in einer benachbarten Gondel mit den Fäusten Luft-Pauke spielen, während er ganz laut *Meynen Kamero'n hob i gern verro'n!* sang.

Plötzlich löste sich Harlanders Kabine aus der Verankerung, drehte sich einmal im Gestänge des Riesenrads und dann schlug sie schließlich nach einigen Metern freiem Falls richtig herum auf dem Festplatz auf.

Von oben, also aus meiner Sicht, sah es aus, als stehe da unten eine riesige Schüssel – angefüllt mit Kürbissuppe.

Marko Stiebritz, geboren am 1. Juli 1972 in Jena. 1987 Ausreise mit den Eltern nach Bayern. Erste Gedichte und Liedertexte ab etwa 1990 und 1996 die erste Kurzgeschichte nach Zauberwald-Pilz-Genuss. 2003 bis 2006 oder so, Belletristik-Fernstudium und 2010 erscheint eine seiner Kurzgeschichten in einer Anthologie „Brieftaubengeschichten". 2018 dritter Platz im Landshuter Literaturwettbewerb. Lieblingsautor: Thomas Bernhard. Schreibt am liebsten Komödien. Schlimm: Fantasy-Geschichten mit betrunkenen Einhörnern und niedlichen Trollen.

Timmi und der Kürbis

Es war zwei Tage vor Halloween, als der Kürbis plötzlich in Timmis Tür stand. Timmi war sauer an diesem Abend. Eigentlich sollte er längst schlafen. Aber er war nicht sauer, weil er schlafen sollte. Nein, er war sauer, weil er den Kürbis nicht würde aufschneiden dürfen. Schon wieder nicht. Dabei war es doch etwas ganz Besonders. Immer zwei Tage vor Halloween. Wenn sie den großen Kürbis, den seine Mutter beim kleinen Gemüsehändler am anderen Ende der Stadt gekauft hatte, auf den Küchentisch stellten, um mit dem riesigen Messer, das sie wirklich nur an diesem einen Tag aus dem Fach ganz oben herausnehmen, den Kürbis zu öffnen, das ziemlich eklige Innere herauszuholen, ihm ein gruseliges Gesicht schnitten und schließlich eine Kerze hineinstellten. Erst dann begann Halloween so wirklich.

Aber seine Eltern hatten gesagt, dass er immer noch zu klein sei, dass diesmal Tom, sein großer Bruder, den Kürbis aufschneiden dürfe, denn der sei ja immerhin schon doppelt so alt wie Timmi.

Timmi hasste Tom.

Also nicht wirklich.

Er hasst es nur, dass Tom bereits zwölf Jahre alt und damit schon fast erwachsen und er immer noch nur der kleine Timmi war und er auch schon begriffen hatte, dass sich daran niemals irgendetwas ändern würde. Auch wenn Timmi hundert Jahre alt wäre, dann wäre Tom eben schon einhundertundsechs Jahre alt und sicher dürfte er dann auch Dinge machen, die nur ein Einhundertsechsjähriger so machen darf.

Also war er sauer, lag im Bett und starrte wütend an die Decke.

Da öffnete sich die Tür. Nur ein kleines Stück.

Timmi setzte sich auf.

Aber da kam niemand.

Doch. Da unten. Dort stand der Kürbis. Der große Kürbis für Halloween. Der Kürbis wackelte ein wenig hin und her und schloss schließlich die Tür wieder.

War das ein Scherz?

Hatte Tom den Kürbis in Timmis Zimmer geworfen?

Was sollte das?

Aber da rollte der Kürbis weiter in das Zimmer und sprang schließlich auf die Bettdecke. Timmi zog erschrocken die Beine an.

Dann war es für einen Moment still.

Timmi schaute zur Tür. Sicher würde da Tom gleich lachend hereingelaufen kommen. Er schaute zum Kürbis. Aber Tom kam nicht.

„Timmi, ich benötige deine Hilfe!"

Der Kürbis konnte sprechen!

„Du kannst sprechen?"

„Selbstverständlich kann ich sprechen."

Timmi nickte nur.

„Ich benötigte deine Hilfe!", wiederholte der Kürbis und rollte ein wenig näher an Timmi heran, der jetzt seine Arme um seine Beine geschlungen hatte. Wie einen Schutzschild.

„Timmi, sie wollen mich in Stücke schneiden. Morgen. Ich weiß es genau. Mit einem garstigen Messer. Bitte hilf mir!"

Timmi war sprachlos. Durch seinen kleinen Kopf wuselten unzählige Fragen: Wollte er dem Kürbis helfen? Warum konnte der Kürbis sprechen? Sollte er dem Kürbis erzählen, dass er das mit dem Aufschneiden eigentlich ziemlich toll fand? Also zumindest bisher, da er ja noch nicht gewusst hatte, dass dem Kürbis das mit dem Aufschneiden selbst gar nicht gefiel.

Schließlich stammelte Timmi nur: „Aber ... aber wie soll ich dir denn helfen?"

„Bringe mich fort."

„Fort? Wohin?"

„Ich bin mit diesem Ort leider nicht vertraut."

Timmi dachte nach. „Ein paar Straßen rauf ist ein Feld. Mit Gras und Büschen und so. Dahin vielleicht?"

„Ja, das klingt durchaus passabel. Bringe mich bitte zu diesem Feld. Du musst mich jedoch in die Arme nehmen, allein bin ich gar wohl zu langsam."

Timmi nickte. Jetzt mehr zu sich selbst. Ja, er wollte dem armen Kürbis helfen, ihn retten. Wie ein Held aus einem Abenteuerfilm. Timmi griff entschlossen nach dem Kürbis und tapste vorsichtig in Richtung Tür. „Wir müssen aufpassen. Mein Bruder ist sicher noch wach. Wenn er uns erwischt ..." Er sprach den Satz nicht zu Ende, denn er öffnete in diesem Moment leise die Tür einen Spalt und spähte nach draußen.

„Nun?", fragte der Kürbis leise.

„Niemand." Timmi schob sich samt Kürbis in den dunklen Flur. „Da links ist das Zimmer von meinem blöden Bruder. Und da rechts das Wohnzimmer, da sind meine Eltern. Die gucken bestimmt Fernsehen. Wie immer."

Timmi flüsterte nur und versuchte, auf Zehenspitzen leise durch den Flur zu schleichen. Aber er konnte nicht auf Zehenspitzen gehen. Keine Ahnung, wer das konnte, aber ganz sicher konnte das niemand mit einem dicken Kürbis im Arm. Also ging er ganz einfach wie immer. Nur leiser. Und langsamer. Er kam sich vor wie ein Ninja. Das war ziemlich klasse.

Die Haustür am Ende des Flurs kam langsam näher. Sehr langsam.

„Ich bin dir zur ewigen Dankbarkeit verpflichtet."

„Pssst."

Da hörte Timmi Schritte.

Von überall.

Gleichzeitig.

Aus dem Wohnzimmer.

Aus Toms Zimmer.

Warum jetzt?

Ausgerechnet jetzt?

Er schaute sich um.

Es war viel zu weit bis zur Haustür.

Ohne nachzudenken, drückte er die Küchentür auf, stolperte hinein und schloss die Tür wieder.

„Droht uns Gefahr?"

Timmi atmete schwer und konnte nicht antworten. Er hörte seine Eltern im Flur. Und Tom. Sie kamen in ihre Richtung. Sie würden sie finden. Sie würden ihm den Kürbis abnehmen und ihn morgen aufschneiden. Timmi blickte sich verzweifelt um. Aber da war nichts. Nur die Küchengeräte, dreckiges Geschirr, eine alte Zeitung von seiner Mutter, Hefte und Stifte auf dem Küchentisch, wo Tom eigentlich seine Hausaufgaben hätte machen sollen.

Es war vorbei.

Einfach vorbei.

Timmi griff nach einem dicken Stift.

„Was gedenkst du, zu tun?" Der Kürbis wackelte in seinen Armen nervös hin und her.

„Ich habe eine Idee." Mehr sagte Timmi nicht, sondern er malte. Auf den Kürbis. Ein Gesicht. Zwei runde Augen. Einen schrägen Mund. Und ein paar Haare.

„Was ..." Der Kürbis schien sprachlos.

In diesem Moment öffnete sich die Tür und Timmis Familie stand in der Küche.

„Timmi, was machst du so spät hier?", fragte seine Mutter.

„Ich konnte nicht schlafen. Ich wollte den Kürbis anmalen."

„Oh, schaut euch das Gesicht an, wie süß." Sein Vater strahlte und griff nach dem Kürbis.

„Was für ein reizendes Gesicht." Auch seine Mutter lächelte entzückt.

Tom schien irritiert: „Süß? Reizend? Aber ich kann ihn doch trotzdem morgen noch aufschneiden, oder?"

Seine Mutter schüttelte nur den Kopf: „Aber Tom. Das hat Timmi selbst gemalt. Dein kleiner Bruder. Da können wir doch nichts schneiden. Wir haben diesmal halt einen bemalten Kürbis."

Tom schnaubte vor Wut: „Was? Wenn ich den Kürbis vollgekritzelt hätte, dann hätte es nur Ärger gegeben."

Seine Eltern antworteten nicht, sondern stellten den bemalten Kürbis stolz auf den Tisch.

„Aber jetzt ab ins Bett, Timmi!"

Timmi nickte artig: „Sofort, ich möchte dem Kürbis noch gute Nacht sagen."

Tom verdrehte nur die Augen, aber sein Vater lächelte und wuselte Timmi durch die Haare: „Aber nicht zu lange."

Dann verließ Timmis Familie die Küche und er war mit dem Kürbis allein.

„Manchmal ist es wohl doch ganz gut, wenn man klein ist", flüsterte Timmi stolz.

Der Kürbis nickte. Oder er wackelte auch nur. „Sei bedankt, mein Freund. Du hast mich gerettet."

Timmi tätschelte den Kürbis. „Gute Nacht." Dann drehte er sich um. Er war jetzt doch ziemlich müde.

„Timmi!" Der Kürbis flüsterte wieder.

„Ja?" Timmi wandte sich noch einmal um und beugte sich zum Kürbis herab.

„Timmi, ich fürchte, ich benötige morgen erneut deine Hilfe."
„Hilfe? Wobei?"
„Die Eier! Wir müssen sie vor dem Frühstück retten!"

Marcus Straßer lebt seit 50 Jahren auf diesem Planeten, ist eigentlich Diplom-Physiker und arbeitet er als Programmierer in einer Softwarefirma für Verlage und die Buchbranche. Nebenher hat er aber schon sein gesamtes Leben über nicht nur Computerprogramme, sondern auch Geschichten und Bücher geschrieben, früher auch Kinderhörspiele für das Radio (WDR 3 und 5) und ein IT-Buch mit dem schönen Namen „PHP Quick&Dirty". Er hat mehrere Bücher als Selfpublisher veröffentlicht.

Was Kürbisse anrichten können

– eine Telegrafiekonversation

Nachbar 1
Guten Morgen STOPP Schreibe in ernster Angelegenheit STOPP
Teile Ihnen hiermit mit, dass Ihr Gemüse langsam, aber sicher Ihre
Grundstücksgrenze überschreitet und das meine beansprucht STOPP
Kann dies nicht dulden STOPP Bitte um Entsorgung des Gemüses
von meinem Grundstück STOPP Erwarte Antwort STOPP

Nachbar 2
Ich grüße Sie STOPP Bei dem Gemüse handelt es sich um Kürbisse STOPP Brauchen viel Platz, um zu gedeihen STOPP Kann Ihrem
Wunsch daher nicht nachkommen STOPP Kürbisse auf Ihrer Seite
der Grundstücksgrenze dürfen Sie aber für die Hälfte des Marktpreises
erwerben STOPP Kürbisse sind sehr nährstoffhaltig und schützen die
Haut vor UV-Strahlen STOPP

Nachbar 1
Sie missverstehen mich STOPP Habe kein Bedarf an Kürbissen
STOPP Bin wenig interessiert an den Inhaltsstoffen der Kürbisse
STOPP Habe nur Interesse daran, dass sie von meinem Grundstück
verschwinden STOPP Muss sonst zu härteren Maßnahmen greifen
STOPP

Nachbar2
Bin nicht an Drohungen interessiert STOPP Kürbisse sind fried-
liebende Pflanzen STOPP Sollten Sie Hand an diese legen, wird das
Folgen haben STOPP Grundstücksgrenzen wurden nie auf Papier fest-
gelegt STOPP Wussten Sie, dass zu Kolonialzeiten in Kürbisschalen
Kuchen gebacken wurde STOPP

Nachbar 1
Die Geschichte Ihrer Kürbisse bleibt gänzlich irrelevant STOPP Ist

mir egal, wie man zu Kolonialzeiten Kürbisse gegessen hat STOPP Ihre Kürbisse wachsen bereits bis vor meine Haustür STOPP Definitiv Grundstücksgrenzen-Überschreitung STOPP Kann sie demnächst als Fußabtreter benutzten STOPP Möchte, dass Sie Ihre Kürbisse umgehend entfernen lassen STOPP Bereits im letzten Jahr haben Ihre Kürbisse von meinem Wohnraum Besitz ergriffen STOPP Habe Sie gewähren lassen, da Sie neue Nachbarn waren STOPP Habe endgültig genug STOPP

Nachbar 2
Verstehe Ihr Problem nicht STOPP Im letzten Jahr konnten Sie doch anscheinend damit leben STOPP Die Kürbisse sind erst im nächsten Monat erntereif STOPP Bis dahin sind mir die Hände gebunden STOPP Erwarte Ihr Verständnis STOPP

Nachbar 1
Sie haben ganz offensichtlich keinerlei Einsicht STOPP Werde zur Axt greifen oder eine Bombe auftreiben und auf Ihr Grünzeug losgehen STOPP Gebe Ihnen noch bis morgen Zeit STOPP

Nachbar 2
Sollten Sie meine Kürbisse angreifen, klage ich auf Sachbeschädigung STOPP Von der Bombe würde ich abraten STOPP Sie würden Ihr eigenes Grundstück in Mitleidenschaft ziehen STOPP Es gibt keinen Grund, gewalttätig zu werden STOPP Das würde ich als unnötige Eskalation einstufen STOPP Lege Ihnen ans Herz, diese Maßnahmen noch einmal zu überdenken STOPP Wussten Sie, dass Kürbisse durch Aschenputtel bekannt wurden STOPP Kürbisse sind also der Stoff, aus dem Märchen gemacht sind STOPP Behalten Sie das im Hinterkopf STOPP

Nachbar 1
Ist mir scheißegal STOPP

Nachbar 2
Kein Grund, ausfallend zu werden STOPP

Nachbar 1
Habe Ihre Kürbisse abgebrannt STOPP Aber Sie können nicht auf Sachbeschädigung klagen STOPP Es gibt nichts, was Sir mir nachweisen könnten STOPP

Nachbar 2
Sehe keinen Grund, Sie zu verklagen STOPP Sie haben mir mit dem Brand doch einen Gefallen getan STOPP Habe die Kerne eingesammelt STOPP Natürliche Röstung STOPP Dafür bekomme ich mehr Geld als für die Kürbisse selbst STOPP Es hat mich gefreut, mit Ihnen zusammenzuarbeiten STOPP Ein Kürbis alleine produziert um die 500 Kerne STOPP Wirklich lohnenswert STOPP Die Kerne, meine ich STOPP Da sieht man einmal mehr, dass es nicht auf das Äußere ankommt STOPP Es geht immer um den Kern der Dinge STOPP Auf ein Neues STOPP

Nachbar 1
Ich werde auf die Bombe zurückgreifen STOPP

Ende der Konversation STOPP

Désirée Braun, Jahrgang 2000, wohnhaft irgendwo im Saarland. Sie hat mit elf angefangen, regelmäßig zu schreiben, und seither nicht mehr aufgehört. Einige Texte sind auf FanFiktion.de u. ä. veröffentlicht, ein Gedicht erschien in der diesjährigen Ausgabe der Frankfurter Bibliothek. Ihre Hobbys – abgesehen vom Schreiben – sind wohl Lesen, Schreiben, Zeichnen, Schreiben, Medizin studieren, Schreiben, Fotografieren und Schreiben.

Erklärungen helfen, wenn man einen Kürbis ernten möchte

Reden hilft. Erklären vielleicht noch mehr.

Ich rede mit meinen Schnecken. Das habe ich früher nicht getan und das war ein Fehler, wie sich herausgestellt hat. Fange ich doch die Geschichte von vorne an zu erzählen. Ich besitze einen Garten. Es ist einer von vielen Gärten in einer Schrebergartenanlage. Jeder darf in seinem eigenen Garten Gemüse und Obst anbauen. Meine Nachbarn, denen ich aus meinem Garten gerne zuwinke, bauen meist Ähnliches an wie ich. Trotzdem sehen unsere Gärten verschieden aus. Der eine pflegt sein Grundstück sehr, sodass dort kein Unkraut wächst. Der andere scheucht unliebsame Tiere weg, damit sie nicht das ganze Gemüse und Obst anknabbern.

Ich zupfe nicht ganz so viel Unkraut und verscheuche auch die Tiere nicht. Der Maulwurf macht zwar hässliche Hügel auf dem Rasen. Ich freue mich aber, dass er meinen Garten schön findet. Leider habe ich ihn jedoch noch nie gesehen.

Die Schnecken sehe ich. Das sind die Tiere, die mein Nachbar immer verscheucht. Mal macht er es so, mal macht er es anders.

Ich habe mit meinen kleinen Schnecken gesprochen. Nicht mit jeder einzelnen, das nicht. Dazu sind es zu viele Schnecken. Ich habe aber mit einer Chef-Schnecke einen Vertrag geschlossen. Mündlich. Ich habe ihr gesagt, dass sie immer ein wenig von meinem Gemüse haben dürfen. Aber nicht zu viel!

Das klappt ganz gut.

Nur eins klappt nicht. Sie knabbern immer alle Kürbisse auf. Jedes Jahr auf ein Neues. Und jedes Jahr pflanze ich noch mehr Kürbisse. Und jedes Jahr werden noch mehr Kürbisse aufgegessen. Das wundert mich. Warum halten sie sich nicht an unsere Vereinbarung, also an unseren gemeinsamen Vertrag? Bisher habe ich das nie herausgefunden. Ich erinnere sie an den Vertrag und sie essen trotzdem immer alle meine schönen Kürbispflanzen auf. Jedes Jahr.

In den ganzen anderen Gärten wachsen im Herbst die Kürbisse in

Hülle und Fülle. Groß und rund sehe ich diese von meinem Garten aus und werde immer sehr neidisch.

Was mache ich falsch? Habe ich nicht genug Unkraut gejätet? Hätte ich die Schnecken vertreiben sollen?

Ich vergleiche die Gärten noch einmal und überlege, warum die Schnecken bei meinen Kürbissen immer alle verzehren müssen. Sie kriechen alle zu den Pflanzen.

Ich muss nachdenken.

Ich denke nach …

Ich denke weiter nach …

Mein Garten ist sehr verwunschen. Er hat Röslein, Klee, duftenden Flieder, Farne und Bauernrosen. Der Garten sieht sehr märchenhaft aus. Märchenhaft! Nicht ungepflegt! Das Märchenhafte ist vermutlich ein Grund, warum die Schnecken gern bei mir sind. Sie können in meinem Garten träumen. Träumen ist schön. Und bei dem Wort Märchen fällt mir noch etwas ein. Gab es nicht ein Märchen, in dem aus einem Kürbis eine Kutsche geworden ist?

Richtig. Es handelt sich um Cinderella.

Und nun fällt es mir wie Schuppen von den Augen. Die Schnecken denken nicht, dass es sich bei den Kürbissen um Gemüse handelt. Sie denken, es sei eine Kutsche und wenn sie dort einsteigen, dann werden Sie demnächst eine Prinzessin. So ist das also.

Ich gehe sofort zu den Schnecken und erzähle ihnen, dass das ein Irrtum ist. Sie werden keine Prinzessinnen oder Prinzen. Nicht, wenn sie meine Kürbisse essen – sei der Garten noch so märchenhaft. Meine Kürbisse sind keine Kutschen.

Und ihr werdet es nicht glauben. Dieses Jahr ist das erste seit 15 Jahren, in dem ich selber einen Kürbis ernten kann. Denn die Schnecken haben nun verstanden, dass das Essen von Kürbissen nur das Essen von Gemüse ist. Sie werden auch nach dem Mahl Schnecken bleiben. So sieht es aus.

Jetzt haben wir das geklärt. Manchmal hilft das ganz gut, wenn man etwas erklärt. Die großen und kleinen Schnecken sind jetzt zwar ein wenig enttäuscht, dass der Traum, Prinzessin oder Prinz zu sein, nun nur ein Traum bleiben wird. Manchmal nenne ich sie aber Prinzessinnen oder Prinzen, damit sie sich ein wenig wohler fühlen.

Susanne Green *lebt in Hamburg.*

Wachstum

Eines Tages, da spürte ich, dass da etwas war. Keine Ahnung, ob es immer da gewesen war. Keine Ahnung, ob ich immer da gewesen war. Ich hatte keine Erinnerung. Da war nur dieses Gefühl, dieser Druck. Irgendetwas drückte gegen meine Keimblätter und die Radicula (Wurzelanlage). Aber ich musste mich doch ausstrecken, musste mich aufrichten. Das wusste ich einfach. Und so drückte ich dagegen. Doch je mehr ich mich bemühte, umso mehr sich meine Zellen im Auxinrausch (pflanzliches Wachstumshormon) teilten, umso mehr wurde ich zurückgestoßen. Druck und Gegendruck. Gegendruck und Druck. Ich solle in meiner Hülle bleiben, sagten sie, eingekrümmt bleiben. „Aber ich muss doch wachsen, mich entwickeln", sagte ich.

Und ich wuchs und konnte nichts dagegen tun. Der Druck und die Enge wurden immer mehr. Es fühlte sich an, als würde ich zerreißen – aber statt meiner zerriss die Hülle. Und immer mehr meiner Zellen quetschten sich hindurch und bildeten meine allererste Wurzel. Weiß, behaart und vor allem empfindlich war sie. Zart. Ich spürte jedes einzelne Bodenpartikel – und vor allem das kühle Wasser dazwischen. Gierig sogen es meine Wurzelhärchen auf. Sogleich wurde es weiter an die Keimblätter geleitet, die jedoch noch in der Hülle – meiner Samenhülle, wie ich nach und nach begriff – steckten. Plötzlich war mir das aber sogar ganz recht, auch wenn die Samenhülle immer noch etwas schwer auf ihnen lastete. Denn noch mehr neue Sinneseindrücke konnte ich nun wirklich gar nicht gebrauchten. Die neue Welt, die sich von meiner Wurzelspitze aus erstreckte, überforderte mich bereits genug. Einmal stieß ich gegen etwas Hartes und Spitzes, an dem kein Durchkommen war. Ich erschrak fürchterlich, wollte nicht schon wieder eingeengt werden. Doch schließlich teilten sich meine Zellen an ihm vorbei und ich erkannte, dass es nur ein kleiner Kieselstein gewesen war.

Aber genauso unaufhörlich, wie meine Wurzel sich nach unten streckte, streckte sich meine Sprossachse nach oben. Oben, unten.

Ganz schön verwirrend, wenn man so schnell in zwei Richtungen wächst und man gar keinen ruhigen Bezugspunkt mehr hat. Und es dauerte auch nicht mehr lange, dass die Samenhülle mir endgültig zu klein wurde und eines Tages einfach von meinen Keimblättern runterpurzelte.

Ach du dicker Samenkern ... Nach den Erfahrungen mit meiner Wurzel hatte ja mit vielem gerechnet. Aber damit nun wirklich nicht. Zunächst wusste ich gar nicht, wie mir geschah. Plötzlich war alles so ganz anders, als ich es bis jetzt gekannt hatte. Plötzlich war alles so ... hell. In meiner Samenhülle gab es höchstens Schummerlicht und die Umgebung, in die meine Wurzelspitze zunehmend drang, wurde immer dunkler. Die Dunkelheit war in meinem bisherigen Leben so selbstverständlich gewesen, dass ich mir niemals hätte denken können, es gäbe da noch etwas anderes.

Aber wie ich heute weiß, gibt es da noch die Sonne. Zunächst blendete mich ihr Licht und brannte auf meiner zarten Epidermis (Blattoberseite), sodass ich dachte, nun sei es um mich geschehen, nun hätte ich mich endgültig zu weit gewagt, wovor sie mich doch all die Zeit gewarnt hatten.

Aber es war nur die Angst. Denn nach wenigen Momenten bemerkte ich, wie sich ein süßer Geschmack in meinen Blättern ausbreitete. Zunächst schmeckte ich es nur leicht im Palisadenparenchym (Blattschicht mit höchster Fotosyntheseleistung), doch dann breitete es sich in meinem Blatt aus und durchströmte in den Leitgefäßen meinen ganzen Körper bis hinunter in die Wurzeln. Noch nie hatte ich mich so lebendig gefühlt. Ich fühlte mich fast ein bisschen berauscht von all dem süßen Glück.

Als das Licht an jenem Abend schwand und meine Fotosyntheseleistung nachließ, fürchtete ich, ich müsste zurück ins Reich der ewigen Dunkelheit. So lange Zeit hatte ich dort allein gelitten, hatte von den Vorräten meines Samens gezehrt, ohne dass es mir bewusst gewesen war.

Es half nichts. Die Sonne ging unter – und am nächsten Morgen wieder auf. Sie verschwand – und kehrte zurück.

Zunächst bangte ich jede Nacht darum, doch früher oder später kehrte das Licht jedes Mal zurück. Mal intensiver, mal weniger intensiv. Aber es war da und verlieh mir Kraft, um mich ihm noch mehr entgegenzurecken.

Ich wuchs und entwickelte mich. Nach und nach schlüpften weitere Blätter, Blattranken kamen dazu. Mein Körper schlängelte sich immer weiter im Beet entlang und meine Wurzeln erkundeten das Erdreich. Und wie ich feststellte, war ich damit nicht die einzige. Rings um mich bemerkte ich noch mehr kleine Pflänzchen, die aussahen wie ich. Größere und noch ganz kleine Sprösslinge. „Hallo", begrüßte ich sie alle. „Hallo, willkommen im Licht."

Lara Sophie Allgaier, 19 Jahre alt, studiert in Tübingen Biologie und evangelische Theologie.

Die Giganten von Venzone

Ausgerechnet jetzt muss Mamma ein Seminar haben! Marco wird in den einwöchigen Herbstferien in den Bus nach Venzone gesetzt – zur Nonna. Er mag sie, aber er hasst das Kaff – weniger als 200 Einwohner. In Udine könnte man mit den Freunden durch die Gassen ziehen und Unsinn treiben.

„Wenigstens dein Filmprojekt kannst du in Venzone machen. Ein Thema, ein paar Informationen drumherum und dann kommentieren, hochladen und schauen, wie viele Likes es bekommt", tröstet Mamma. „Du hast ja gesagt, du darfst das mit dem Mobiltelefon filmen."

Marco verzieht das Gesicht, er hatte sich etwas vorgestellt wie *Der Kürbis des Grauens,* da hätte er gemeinsam mit seinen Freunden den Schrecken der Stadtbewohner in der Piazza della Libertá gefilmt, wenn denen der ferngesteuerte, mit Knallfröschen gefüllte Riesenkürbis vor die Füße gerollt wäre.

Die Nonna holt ihn ab, in einem Netz trägt sie einen **Zucca di Venzone, einen Kürbis,** den sie am Markt gekauft hat. Sie schlendern durch die Innenstadt. Alles ist mit orangefarbenen Girlanden geschmückt. Musikanten tragen gelbe Pluderhosen und seltsame kürbisähnliche Kopfbedeckungen.

Marco filmt und kommentiert. „Das also ist das große Fest in der Weltstadt Venzone. Unterhaltung für Landeier. Musik-Clowns mit Kürbisschädeln." Wenn sein Film schon nicht cool ist, soll er wenigstens ätzend sein. Die Nonna lässt verlauten, es gäbe neuerdings kriminelle Begebenheiten bei den Landeiern.

„Ah, Kürbisdiebe?", sagt Marco.

„Wart's ab", schmunzelt sie, während sie die Haustür aufsperrt.

Marco hat auf dem Weg einige Schwenks vom Fest gemacht und hält das für ausreichend. „Damit schließe ich meine Reportage aus Venzone, wo aus irgendwelchen Gründen der Kürbis gefeiert wird."

Die Nonna schüttelt den Kopf: „Jetzt fängt's doch erst an."

Während sie den **Kürbis zerteilt, schält und in kleine Würfel schneidet,** erfährt er die Geschichte von der stolzen Stadt mit dem Glockenturm, für den dann zu wenig Geld da war und dem schließlich nur noch die goldene Kugel fehlte: „Ein Baumeister aus Udine setzte stattdessen nachts einen Kürbis auf und bemalte ihn. Als es aufkam, wurden die geizigen Leute aus Venzone zum Gespött in ganz Italien, machten das Beste draus und erfanden das Kürbisfest."

Mittlerweile gibt es eine neue Kugel auf der Kuppel, Marco filmt aus dem Fenster, während die Nonna erzählt.

Wieder glaubt er, dass das der abschließende Satz wäre. „Und nun feiern die ehemals gierigen Venzoneser in Bescheidenheit."

„Bescheiden? Sie sind immer noch größenwahnsinnig." Nonna schüttelt den Kopf. „Es gibt keine Grenzen mehr. In den Dörfern rundum geht es den Kürbiszüchtern nur noch ums Gewinnen. Manche versorgen ihre Kürbisse zusätzlich mit bestimmten Pilzen, die liefern Nährstoffe, transportieren Wasser und bieten Schutz vor Krankheiten. Aber das sind keine Champignons, die du im Laden kaufen kannst, sondern etwas sehr Exklusives, das man teuer bezahlt."

Marco staunt.

„Andere wieder schicken Boden- und Gewebeproben ihrer Kürbisse an Labore, um sicherzustellen, dass es ihrer Pflanze gut geht. Wenn nicht, werden gewisse Präparate im Internet eingekauft, manchmal sogar im Darknet."

Darknet? Marco fragt sich, ob er die Nonna unterschätzt hat.

„Woher weißt du denn das alles?" Marco stellt die Frage argwöhnisch.

„Das weiß ich von Elisa Delmonte, die im Haus des Apothekers wohnt. Dort laufen alle Fäden zusammen. Sie kommt heute zum Essen, dann kannst du sie selbst fragen."

Marco erwartet eine ältere Dame. Als Elisa, eine Siebzehnjährige mit Tattoo im Nacken, vor der Tür steht, ist er perplex. Sie lacht Marco an: „Also, stell die richtigen Fragen!"

Marco fasst zusammen, was er weiß.

„Aha", denkt die Nonna, „er hat gut zugehört."

Er fragt, ob er filmen darf.

„Natürlich, sag mir, wann es ins Fernsehen kommt." Elisa tut, als würde sie jeden Tag gefilmt.

„Kürbiszuchttechnologie, Pilze als Hilfsmittel und so weiter", sagt er.

Sie legt los: „Aus gutem Material keimt ein Monsterkürbis, der zwanzig Kilogramm Gewicht täglich zulegen kann. Der Schlüssel zum Erfolg liegt im Phloem."

Marco hat das Wort noch nie gehört.

„Na, im Gewebe, in einem Teil des Gefäßsystems. Je mehr Phloem, desto schnelleres Wachstum."

So kompliziert hat sich Marco das nicht vorgestellt.

Nonna hackt eine Zwiebel und drei Knoblauchzehen.

Elisa senkt die Stimme, als hätten die Wände Ohren: „Von dem, was hier geschieht, könnt ihr in der faden Großstadt nur träumen. Hier schleichen die Gehilfen des Apothekers nachts in die Höfe der Kürbisbauern und stehlen Kürbisse, um an die Daten des Phloems zu kommen. Letzte Woche ist beim Bauern Lorenzo etwas passiert: Man wollte den Kürbis den Fahrweg hinabrollen, er purzelte den Hang hinunter. Das Phloem ist durch die Erschütterungen und Quetschungen unbrauchbar geworden. Man muss sich wohl etwas anderes einfallen lassen."

Marco zweifelt kurz, bis Elisa ihre Tasche öffnet: „Und hier hab ich die Zeitungsausschnitte über all das, ich trage sie immer bei mir."

Jetzt staunt Marco.

Die Nonna hat in der Zwischenzeit **Zwiebeln und Knoblauch in Butter angeschwitzt, die Kürbiswürfel darin angeröstet und einen halben Liter Gemüsebrühe, die sie schon am Vortag gekocht hat, dazugegossen. Sie lässt es köcheln,** holt die Teller aus dem Schrank, schneidet Ciabatta auf und meint: „Jetzt können wir gespannt sein, wie es weitergeht und ob es doch irgendwann ein Gewichts- und Größenlimit gibt. Aber das werden sie auch noch austricksen."

Elisa nickt und ist sich sicher, dass das eine Art organisierter Wissenschaftskriminalität ist – gut vernetzt und zu allem bereit.

Marco wird den Film doch anders nennen, als geplant, nämlich *Die Giganten von Venzone: Wenn die goldene Kugel rollt.* Denn die Kuppel mit der goldenen Kugel muss auch eine Rolle spielen. Und die Gier. Und das Der-Größte-sein-Wollen.

Die Suppe wird durch ein Sieb passiert, Nonna probiert davon und murmelt: „**Eine Prise frisch geriebene Muskatnuss vielleicht noch und ordentlich frisch gemahlener Pfeffer.**" Dann rührt sie **15 Esslöffel Sahne ein** und serviert.

Sie essen.

Marco schielt unauffällig zu Elisa. Nonna bemerkt es und sagt amüsiert: „Jaja, wir Landeier. Schrecklich langweilig ist es bei uns, nicht?" Und alle drei lachen.

Marcos hochgeladenes Video hat nach einer Woche 2.143 Likes. Besonders sein anfangs so mieselsüchtiges Gesicht und seine Kommentare kommen gut an. Und natürlich die kluge Elisa. Das Thema selbst wird heftig diskutiert: Es geht nicht nur um den Kürbis und um Venzone ... Die Freunde haben Marco vermisst. „Hier war es so langweilig, alle sitzen vor dem Fernsehgerät, keiner ist erschrocken über das Kürbismonster. Aber dein Film! Ja, in Venzone, da kann man was erleben." Marco nickt zerstreut, denn da ist gerade diese Nachricht auf dem Mobiltelefon: „Sie tun es schon wieder! Kommst du am Wochenende?"

Wer Nonnas Kürbissuppe, die Zuppa di Zucca, nach einem Originalrezept aus Venzone nachkochen will, liest die hervorgehobenen Textteile. Die Sage vom Goldenen Kürbis kann man hier – leider nur auf Italienisch! – lesen: www.venzoneturismo.it/it/festa-della-zucca/leggenda-della-zucca

Maria Lehner, geboren 1954 in Graz/ Steiermark, ausgebildete Elementar- und Sozialpädagogin; auf dem zweiten Bildungsweg Studium der Deutschen Philologie, der Psychologie/Pädagogik/Philosophie; Tätigkeit in sozialen Feldern und – mehr als ein Vierteljahrhundert – in der öffentlichen Verwaltung.

Wer hat den Kürbis gesehen

Alljährlich findet in Glückstadt das Kürbisfest statt. Jeder Bauer und Hobbygärtner möchte seinen schönsten und größten Kürbis ausstellen, um einen Preis zu gewinnen. Manchmal kommt es sogar vor, dass die Kürbisse fast gleich groß sind und die Bauern sich streiten, welcher denn nun der größere ist. Verlieren möchte natürlich niemand.

Es gibt da einen Herrn Schillmöller, der immer nur gewinnen möchte. Wehe es gewann jemand anderes, dann wurde er richtig sauer und sein Gesicht verfärbte sich rot. Er kochte förmlich vor Wut.

Auch in diesem Jahr wurde wieder ein Kürbisfest veranstaltet. Alle Teilnehmer bereiteten sich darauf vor, auch Herr Schillmöller. Er hegte und pflegte seine Kürbisse sorgfältig. Sie waren förmlich sein Heiligtum. Seine Frau hielt sich von allem fern, denn sie wusste am besten, wie ungnädig ihr Mann sein konnte.

Im Garten der Schillmöllers gab es einen Zaun um den Kürbis, der so gesichert war, das niemand ran konnte. Die Zeit verging wie im Fluge und es war nur noch eine Woche bis zum Fest. Eines Morgens, als Herr Schillmöller in den Garten ging, um nach seinem Kürbis zu schauen, war der größte auf einmal verschwunden.

Wo war sein Kürbis hin?

Er rief sehr laut nach seiner Frau. Sie eilte nach draußen und konnte den Zorn und die Wut förmlich sehen. „Wer hat meinen Kürbis gestohlen?", schrie er laut.

Seine Frau sah ihn ahnungslos an und sagte: „Ich weiß es nicht. Das ist bestimmt heute Nacht passiert, als wir schliefen."

„Wenn ich den in die Finger kriege, dann mache ich aus ihm Hackfleisch", tobte er wütend.

Seine Frau freute sich insgeheim und musste innerlich lachen. Sie hatte es satt, all die Jahre mit dem Kürbis – und seine Launen, wenn er verlor.

Herr Schillmöller rief sofort bei der Polizei an und sie baten ihn, dass er zu ihnen auf die Wache komme. Als er dort ankam, war er so aufgebracht, dass die Polizisten ihn erst einmal beruhigen mussten. Herr Schillmöller schilderte, was vorgefallen war.

„Nun beruhigen Sie sich erst einmal. Wir werden sehen, was wir tun können, aber es wird schwierig werden, da es sich um einen Kürbis handelt und ihn vielleicht schon jemand gegessen haben könnte", versuchte die Polizei zu erklären.

„Damit gebe ich mich nicht zufrieden. Sie sind die Polizei und Sie haben dafür zu sorgen, dass der Dieb gefunden wird", schimpfte Herr Schillmöller. Wütend stampfte er aus dem Polizeirevier und war sich ziemlich sicher, dass sie ihm nicht helfen würden. Seiner Frau erzählte er, wie es bei der Polizei gelaufen war.

Insgeheim freute sie sich. Sie wünschte sich nur ein einziges Mal, dass er nicht gewinnen würde. „Egal wie du dich aufregst, der Kürbis wird nicht wiederkommen", sagte seine Frau.

„Das lasse ich nicht auf mir sitzen. Ich werde alleine meinen Kürbis suchen gehen. Die Polizei sieht ja keinen Handlungsbedarf", schimpfte Herr Schillmöller. Wütend verließ er das Haus und ging auf Suche. Spät abends kam er wieder und hatte keinen Erfolg gehabt.

So vergingen die Tage und er fand seinen Kürbis trotz tagelanger Suche nicht. Nun stand das Fest kurz bevor und alle Bürger waren in den Vorbereitungen. Nur der Herr Schillmöller schmollte vor sich hin und war sehr frustriert. Allerdings wusste er auch nicht, was ihn erwarten würde. Er hatte sich überlegt, nicht zum Fest zu gehen.

Nun hieß es für seine Frau, ihn zu überreden, trotz allem zu gehen.

„Schatz, lass uns gemeinsam gehen und schmoll nicht so", sagt seine Frau sanft.

„Was soll ich da ohne meinen schönen Kürbis", sagte er frustriert.

„Aber schau mal, die Leute wären bestimmt enttäuscht, wenn du nicht kommst. Ein Kürbisfest ohne den Herrn Schillmöller, das geht doch nicht", versuchte seine Frau, ihn weiter zu überreden. Er wollte sich das überlegen.

Der Tag war gekommen und am Nachmittag um vierzehn Uhr sollte das Kürbisfest beginnen. Frau Schillmöller bereitete sich vor und wollte gerade los, als ihr Mann sie stoppte und sagte: „Warte, ich komme mit, ich werde sonst verrückt zu Hause."

Als beide auf dem Festplatz ankamen, waren schon viele Besucher da. Herr und Frau Schillmöller wurden von allen freundlich begrüßt. Es gab da etwas, was sie alle wussten, nur Herr Schillmöller nicht.

Sie baten Herrn Schillmöller darum, die diesjährige Eröffnungsrede zu halten. Erst wusste er nicht, wie er sich verhalten soll, aber dann dachte er sich, dass er das eigentlich schon immer machen wollte. Seine Frau ermutigte ihn dazu.

Er trat vor die Menge und nahm das Mikrofon in die Hand. Seine Stimme war anfangs leicht zittrig, aber er fasste sich schnell. Mit klaren Worten machte er deutlich, wie bedauerlich er es fand, dass man ihm seinen Kürbis gestohlen hatte.

Seine Frau dachte sich nur: „Wenn er wüsste."

Die Rede meisterte er mit Bravour und wünschte allen Teilnehmern viel Glück. Innerlich war er sehr traurig, dass er nicht teilnehmen konnte. Zuerst schaute er sich den Kürbis seines Nachbarn an und fand ihn recht staatlich. Die anderen Kürbisse sahen auch allesamt gut aus. Ein Kürbis war sehr klein, aber irgendwie auch sehr schön in der Form. Es dauerte nicht lange und er blieb vor einem stehen, der genau wie seiner aussah, der geklaut worden war. Er ging näher und betrachtete ihn haargenau. „Aber das ist doch mein Kürbis!", rief er laut in die Menge.

„Ja, mein Schatz, das ist dein Kürbis. Ich habe ihn genommen und versteckt. Dir sollte mal eine Lektion erteilt werden. Du gönnst niemandem den Sieg und musst lernen, dass auch andere sehr große und schöne Kürbisse haben. Deswegen wollte ich dir damit zeigen, dass nicht nur immer du der Gewinner sein kannst", sagte seine Frau.

Herr Schillmöller tat es mittlerweile leid und er entschuldigte sich für sein Verhalten. Er wollte in Zukunft nicht mehr so neidvoll sein und auch den anderen den Sieg gönnen. Er schlug vor, dass aus seinem Kürbis ein großer Kürbisstuten gebacken werden sollte.

Alle fanden die Idee super und schlugen ebenfalls vor, ihre Kürbisse zu geben, um noch mehr Stuten zu backen und Kürbismarmelade zu kochen. Jeder einzelne wollte seinen Beitrag dazu geben. Frau Schillmöller hatte ein tolles Rezept für den Kürbisstuten. Und Frau Klinke aus der Feldstraße hatte ein leckeres Rezept für die Kürbismarmelade.

***

Frau Schillmöllers
Kürbisstuten-Rezept

Zutaten:
800 Gramm Kürbis, gedünstet und püriert, handwarm
2 Würfel frische Hefe
250 Gramm Zucker
1 gestrichener Teelöffel Salz
1 frisch gepresste Zitrone
1,5 Kilogramm gesiebtes Mehl
250 Gramm Butter oder Margarine

Zubereitung:
Den handwarmen Kürbis mit der Hefe, Zucker, Salz, Butter oder Margarine verrühren und dann circa 30 bis 45 Minuten an einem warmen Ort aufgehen lassen. Wenn der Kürbis mit den Zutaten aufgegangen ist, können das Mehl und der Zitronensaft nach und nach untergeknetet werden, bis man einen festen Teig hat. Nochmals an einen warmen Ort circa 30 bis 45 Minuten gehen lassen. Anschließend in der Backform circa 45 bis 55 Minuten bei 175 bis 180 Grad backen.

Es werden zwei kleine oder ein großes Brot. Oder viele kleine Brötchen. Das könnt ihr euch selbst aussuchen.

Frau Klinkes
Kürbismarmeladen-Rezept

Zutaten:
700 Gramm Kürbis
300 Gramm Äpfel
500 Gramm Gelierzucker 2:1

Zubereitung:
Ihr braucht einen großen Topf. Den Kürbis und die Äpfel schälen, dann in feine Würfel schneiden. Den Gelierzucker hinzugeben und zum Kochen bringen. Der Kürbis und die Äpfel müssen zerfallen und das dauert ungefähr sieben Minuten. Die heiße Masse in saubere Gläser füllen und den Schraubdeckel fest zudrehen. Für fünf Minuten auf den Kopf stellen.

***

Am nächsten Tag war alles fertig und die Bewohner fanden sich erneut zusammen. Gemeinsam machten sie ein großes Fest und alle Kürbisse hatten gewonnen. Selbst Herr Schillmöller war sehr zufrieden und genoss das Fest. Er schwor, dass er sich nie wieder aufregen würde.

Andrea Fejza, geboren 1976 in Goldberg, Mecklenburg-Vorpommern, lebt in Wildeshausen und schreibt Kindergeschichten. Ihr Studium der Kinder- und Jugendbuchliteratur legte sie 2012 erfolgreich ab.

Der vergessene Kürbis

Es war ein nasskalter Herbsttag. Der Wind trieb Regenschauer durchs Dorf, kahle Zweige ragten tropfend in den Himmel und nasses Laub sorgte für Rutschpartien bei unvorsichtigen Spaziergängern. Viele waren allerdings ohnehin nicht unterwegs. Wer nicht rausmusste, hatte sich im warmen Haus verkrochen. Bei vielen war heute Kürbisschnitzen angesagt, sollten doch schaurig schöne Kürbisse zu Halloween die Gärten schmücken.

Auch bei Hanna und Anton wurde eifrig gewerkelt. Der Vater hatte die Kürbisse gestern Abend noch in seiner Werkstatt ausgehöhlt, heute wollten die Kinder ans Werk gehen und die schönsten Gesichter zaubern. Nicht gerade zur Freude der Mutter, die jetzt schon wusste, wer hinterher die Küche säubern musste. Aber sie wollte den Kindern diese kleine Freude gönnen.

Was sie allerdings nicht wussten, der Vater hatte gestern einen Kürbis vergessen, als er die Kürbisse aus dem Keller geholt hatte. Ein kleiner Kürbis war zurückgeblieben, den hatte der Vater übersehen. Vielleicht sollte er doch endlich mal die Lampe im Keller reparieren. Mit dem bisschen Licht, das vom Flur in den Keller schien, konnte man wirklich nicht viel erkennen. Deshalb hatte er wohl den kleinen Kürbis nicht gesehen.

Dieser lag nun einsam und traurig in der Ecke. Er hatte sich schon so gefreut, eine schöne Halloweendekoration oder ein leckerer Kürbiskuchen zu werden, und nun sollte er hier einsam im Keller vergammeln. Bloß wegen einer Lampe, die schon seit Wochen defekt war. Das war einfach nicht fair!

Der Kürbis wartete und hoffte, aber niemand kam, um ihn zu holen. Man hatte ihn tatsächlich vergessen. Leise weinte er vor sich hin, dicke Tränen kullerten aus seinem Stielansatz, denn Kürbisse haben ja keine Augen, aus denen Tränen tropfen können. Trotzdem kann ein Kürbis genauso bitterlich weinen wie jedes andere Lebewesen, nur eben etwas anders.

Vor lauter Schluchzen hörte der arme Kürbis gar nicht, dass es im Keller zu rascheln und knistern begann und kleine Pfoten umhertrappelten. In dem Keller lebten nämlich neben einer Mäusefamilie auch noch viele Spinnen und Asseln.

Heute ging es besonders lebhaft zu, denn Familie Maus hatte Freunde eingeladen, um ein wenig zu feiern. Schließlich wollen Mäuse auch ab und zu mal feiern und es sich gut gehen lassen. So kamen heute viele Besucher, um sich auf Halloween vorzubereiten.

Es herrschte reges Treiben und es ging hoch her, deshalb fiel auch erst nach einiger Zeit einer der Mäuse das Weinen auf. Neugierig machte sie sich auf die Suche und fand im vorderen Teil des Kellers schließlich den kleinen Kürbis. Vorsichtig stupste sie den Kürbis mit der Vorderpfote an. „Hallo, wer bist du denn? Und warum weinst du so sehr?", fragte sie höflich.

Der Kürbis hielt inne. „Nanu, eine Maus, was machst du denn hier? Ihr gehört doch in den Garten. Oder wurdest du auch vergessen und musst nun für immer hierbleiben?" Wieder flossen die Tränen.

Die Maus schluckte. „Wieso vergessen? Weinst du etwa deshalb? So schlimm scheint es hier doch gar nicht zu sein. Und meine Freunde wohnen doch auch hier im Keller, also kann es gar nicht schlimm sein, sonst würden sie nicht hier wohnen."

„Das mag ja sein, auch wenn ich eigentlich dachte, dass Mäuse im Garten wohnen. Aber wir sind nun mal geboren, um Halloweendeko oder ein leckeres Kürbisgericht zu werden. Und ich kann nun beides nicht werden, denn ich wurde ja hier vergessen. Nun werde ich nutzlos vergammeln und mein ganzes Dasein war sinnlos." Wieder flossen bittere Tränen.

„Kann man dir denn gar nicht helfen?", fragte eine zaghafte Stimme. Ein Mäusekind hatte die Frage gestellt. Unbemerkt von dem verzweifelten Kürbis hatten sich nämlich mehrere Mäuse im vorderen Keller versammelt und zugehört.

„Wie soll man mir denn noch helfen können?", fragte der Kürbis erstaunt. „Oder könnt ihr diese dumme Lampe reparieren, damit die Menschen mich sehen, wenn sie das nächste Mal kommen? Falls sie denn überhaupt noch mal kommen."

Die Mäuse sahen sich ratlos an. Nein, das konnten sie nicht, aber es musste doch möglich sein, dem traurigen Kürbis zu helfen. Wie sollte man fröhlich feiern, wenn nur wenige Meter weiter jemand so unsäglich traurig war. Die Mäuse steckten die Köpfe zusammen und berieten, was man tun könnte. Plötzlich rief Jan, eine der Kellermäuse: „Ich hab eine Idee!", und flitzte davon.

Wenig später kam er zurück. Die Mäuse schrien entsetzt auf, als sie sahen, dass er von einer ziemlich großen Spinne verfolgt wurde, und brachten sich in Sicherheit.

Erstaunt mussten sie feststellen, dass Jan gar nicht von der Spinne verfolgt worden war, sondern dass die Spinne Jan nur gefolgt war und nun neben ihm stand und den Kürbis betrachtete. Beide standen dicht nebeneinander, aber Jan zeigte keine Furcht und die Spinne machte keine Anstalten, Jan oder einer der andern Mäuse etwas anzutun.

Jan lachte. „Kommt nur raus, das ist meine Freundin Tina, sie tut euch nichts!"

Die Mäuse waren vorsichtig, sie konnten es nicht so recht glauben, dass diese ziemlich große Spinne mit einer Maus befreundet war.

Jan schilderte der Spinne das Problem.

Diese überlegte kurz. „Ihr wollt doch ohnehin zusammen mit den Gartenmäusen und den Kellerasseln Halloween feiern. Da kann der Kleine dort doch für euch die Deko bilden. Ihr habt scharfe Zähne, so könnt ihr ihn aushöhlen und aus seinem Innern etwas Leckeres kochen. Ich werde ihn mit einem Netz etwas gruselig machen, auch wenn ich nicht weiß, warum alle Welt ein Spinnennetz gruselig findet."

Die Mäuse hatten sich vorsichtig genähert. Anscheinend war die Spinne nicht feindlich gesinnt, also warum sich noch verstecken?

Jetzt meldete sich Tim zu Wort, ein vorwitziger, kleiner Mäusejunge, der sich oft im Haus herumtrieb, obwohl die Mäuse das nicht gerne sahen. Zu groß war die Gefahr, dass die Menschen die Mäuse entdecken und bekämpfen würden. Es lebte sich ganz gut im Keller, wenn man nur vorsichtig war und sich nicht von den Menschen entdecken ließ. „Auf dem Regal neben der Treppe liegt so eine kleine Lampe, wie die Menschen sie manchmal verwenden. Ich habe mal zugesehen, wie man die zum Leuchten bringt. Das könnten wir schaffen. Wir müssen das Ding nur hierherbringen, dann können wir den Kürbis anleuchten, sodass er schön schrecklich aussieht. Damit können wir die Gartenmäuse erschrecken."

„Das ist eine gute Idee, aber wie sollen wir die Lampe von dem Regal nach unten kriegen?," wandte eine der älteren Mäuse ein.

„Stellt euch nicht so an", meinte Tina. „In der Ecke liegen doch die

Seile, mit denen die Kartoffelsäcke zugebunden sind. Nagt ein passendes Stück ab, bindet die Lampe daran fest und seilt sie ab. Müssen eben die Stärksten von euch machen, das Ding wiegt bestimmt einiges. Schafft es hierhin, dann machen wir alles passend." Die Mäuse berieten kurz, dann machten sie sich ans Werk. Mühsam, aber es klappte.

Die besten Köche bereiteten aus dem Innern des Kürbisses ein leckeres Buffet zu, die künstlerisch veranlagten machten einen wunderschönen Kürbiskopf und Tina spann ein Netz um den Kürbis, welches die Kinder noch mit Staub, den sie in den Ecken gefunden hatten, verschönten.

Nach einigen Schwierigkeiten hatten die Mäuse auch die Lampe zum Leuchten gebracht und den Kürbis angeleuchtet. Gerade rechtzeitig, um die ankommenden Gartenmäuse zu erschrecken.

Der Kürbis war glücklich, war er doch noch eine tolle Halloweendekoration und leckeres Essen geworden war. Er fand es gar nicht mehr schlimm, dass man ihn vergessen hatte, ganz im Gegenteil. Konnte es für einen Kürbis ein schöneres Halloween geben?

Margit Günster, Jahrgang 1963, ist Hauswirtschaftsmeisterin und in diesem Beruf seit über 30 Jahren tätig. Seit über 25 Jahren diverse Veröffentlichungen (Gedichte, Geschichten und Fotos) in Zeitungen, Zeitschriften, Fachzeitschriften und Kalendern. Lebt in Boden, einem kleinen Ort im Westerwald.

Nicht perfekter Kürbis

„Halloween", ruft Ron aus und mein Sohn strahlt mich mit großen Augen an. Auf unserem Küchentisch steht ein riesiger Kürbis.

„Halloween?", hinterfrage ich.

„Ja, Nico und ich wollen daraus eine Kürbislaterne machen."

Mein Blick geht erst über das orangene Monstrum und dann zu meinem Sohn. Seit wann will er bitte so einen Mist machen? „Wessen verrückte Idee war das?"

Beide zeigen auf den anderen.

Na bravo! Ich seufze und reibe meine Lider. Es reicht ja nicht, dass bald schon besagter Tag ist, nein, der Inhalt des Monsters muss auch verarbeitet werden. „Du willst mit meinem Sohn unsere Küche in ein Schlachtfeld verwandeln?"

„Wir räumen auch auf", wirft flehend Nico ein.

Ron setzt sein verlegenes Lächeln ein. Man, wie ich das hasse, dass die beiden mich so schnell um den Finger wickeln können. „Okay!" Ich zeige auf Ron. „Aber du sorgst dafür, dass kein Lebensmittel weggeschmissen wird. Das Innenleben wird verarbeitet."

„Aber ... aber du magst doch nichts mit Kürbis."

„Dein Problem, mein Lieber. Ruf deine Elfenfreunde an, dass die es essen. Es ist mir egal, es wird nichts verschwendet!"

Er lacht kurz auf. Zu gerne ziehe ich ihm mit seinem Weihnachtsjob auf. Er weiß, dass ich es nicht böse meine, denn ohne diesen wären wir nicht da, wo wir heute sind. Dafür mag ich seine Kollegen.

„Mir ist jetzt eine Megaidee gekommen." Sein Grinsen ist breiter geworden und das verheißt nichts Gutes. Er wuschelt meinem Sohn durch die Haare. „Wir gehen einkaufen, denn wir brauchen da noch einiges."

„Oh ja", ruft Nico aus und rennt aus der Küche.

Ron kommt zu mir und gibt mir einen Kuss. „Du wirst es lieben."

„Wehe dir nicht." Noch mal bekomme ich seine Lippen zu spüren und er verlässt mich ebenfalls. Seufzend sehe ich das Monster an. „Du bringst mich in Schwierigkeiten, das ist dir schon klar." Jetzt rede ich schon mit einem Kürbis! Sofort kommt mir Charly Browns großer Kürbis in den Kopf und ich muss lachen.

Als ich nach der Arbeit das Haus betrete, ist es voller Menschen. Es riecht nach Kürbis und auf meinem Küchentisch stehen gefühlt dreißig Kürbisse. Aber keiner ist so groß wie das Monster, der jetzt ausgehöhlt ist und auf dem mein Sohn herummalt. „Was wird das hier?"

„Lebensmittelverwertung", ruft meine beste Freundin Lisa vom Herd aus. Ich weiß nicht, was ich darauf sagen soll.

Rons Mutter steht neben ihr und lächelt. „Alles wird gut, keine Sorge."

„Dein Wort in Gottes Ohr", sage ich.

Ron drückt mich. „Geh dich umziehen."

Ich nicke und verlasse das Erdgeschoss.

Sauber und in lockerer Kleidung komme ich wieder nach unten. Die meisten sind jetzt dabei, Fratzen in Kürbisse zu schnitzen.

„Mama, schau mal!", ruft Nico sofort aus.

„Kreativ", kann ich nur sagen. Ich bin einfach kein Fan davon. Rons Mutter lacht und ich stelle mich zu ihr. „Kann ich dir helfen, Martha?"

„Du kannst die Zwiebeln und die Petersilie schneiden."

Ich nicke und mache mich an die Arbeit. Wie ich es hasse, Zwiebeln zu schneiden. Jedes Mal tränen die Augen.

„Das haben wir, als Ron jung war, jedes Jahr gemacht."

„Ja, er hat erzählt, dass ihr in Amerika gelebt habt, bis sein Vater den Unfall gehabt hat."

Sie nickt und seufzt. „Neues Brettchen, Äpfel müssen noch geschnitten werden."

„Äpfel?"

Sie nickt, nimmt mir das mit den Zwiebeln und der Petersilie ab und schüttet beides in die orange Brühe. Ich habe immer weniger Lust auf diese Suppe. Meine Mimik verziehe ich leicht angeekelt.

Sie lacht auf. „Lass mich nur machen."

„Entschuldige, wenn es deine Kochkünste beleidigt hat."

Sie reibt über meinen Arm. „Hat es nicht, Liebes."

„Hier, die Kartoffeln und der Knoblauch", sagt Lisa.

„Ernsthaft?" Das kann ich mir nicht verkneifen.

Der Raum lacht mich aus.

„Schatz, das werden zwei Gerichte", erlöst mich Ron von meiner Verwirrung.

Ich zeige auf die anderen. „Ihr seid ganz böse Elfen!"

Heiteres Gelächter ertönt und ich mache mich daran, die Äpfel zu entkernen, zu schälen und schlussendlich zu zerkleinern. Als ich sie fertig habe, sehe ich auf die Uhr und wende mich an meinen Sohn. „Fertig oder nicht, du gehst dich jetzt säubern und umziehen."

„Aber Omas Suppe!"

„Danach, schau dich mal an, Drecksbärchen. Du schaust aus, als wenn du den Kürbis zermatscht hättest und alles an dir klebt."

„Mama, du übertreibst mal wieder!"

Ich mustere meinen Sohn. „Und ich bin deine Mama und ich sage: waschen und umziehen!"

„Ron." Mit flehenden Schmolllippen dreht er sich zu ihm.

„Sie hat recht und das weißt du auch. Morgen ist wieder Schule."

„Und wie sie das hat", sagt Martha. „Und wenn du schnell machst, werde ich dir vorlesen."

„Ihr seid gemein. Immer wenn es Spaß macht", brummt Nico und stampft aus dem Zimmer.

„Daran bist du schuld", werfe ich Ron vor.

Er grinst einfach nur, kommt zu mir und umarmt mich. „Schau nach ihm, ich räum den Tisch ab, sodass er essen kann." Ich nicke, aber nicht, ohne noch mal mir einen Kuss zu stibitzen.

Als ich nach oben komme, steht mein Sohn unter der Dusche und singt immer nur: „Happy Halloween." Er freut sich darauf und ein lachender Sohnemann ist mir weit aus lieber als ein trauriger.

In der Küche sind nur noch Ron und Martha, als wir herunterkommen. Auf dem Tisch stehen vier Teller mit einer orangenen Suppe. Am liebsten würde ich mir einfach ein Brot machen, aber meine Mama hat mir beigebracht, wenigstens zu probieren. So lasse ich mich auf den Stuhl neben Ron nieder.

„Keine Sorge, der Rest wurde unter den anderen aufgeteilt", meint mein Freund. Dankend lächle ich ihm zu. Ich schließe meine Lider.

„Piep piep, piep, wir haben uns alle lieb, piep, piep, piep, wir wünschen einen guten Appetit", ruft mein Sohn aus und beginnt zu essen. Wie ich diese Angewohnheit aus dem Kindergarten hasse.

Ron und seine Mutter sehen mich erwartungsvoll an.

„Ich probier ja schon."

Langsam löffle ich die Kürbissuppe in meinen Mund und schüttel mich. „Sorry, aber nein."

Ron steht lachend auf, geht zur Arbeitsplatte und reicht mir ein Brettchen mit einem Brot mit einem orangenen Aufstrich. „Probier. Aber vorsichtig, es ist heiß."

„Will auch", ruft Nico aus.

Ron legt ihm auch ein Brettchen hin.

Ich beiße in das Brot und schlucke es hinunter. „Entschuldige, es geht, aber mehr ..."

„Boah lecker", freut sich Nico laut, als er von seiner Scheibe abbeißt.

„Du und der Kürbis, ihr werdet keine Freunde", sagt schmunzelnd Martha zu mir.

Seufzend stimme ich zu.

Aus dem Ofen holt Ron mir das Stück Lasagne von gestern. Als dank bekommt er einen Kuss.

Nach drei Teller Suppe, dem Versprechen, die Kürbismarmelade morgen auf das Brot zu bekommen und jetzt noch eine Geschichte zu hören, verschwindet mein Sohn nach oben und ruft nach Martha. Während ich den Tisch abräume und abwische, geht Ron in den Garten. Bevor mein Sohn nach mir schreit, bin ich schon oben.

„Gute ..."

Ein *Kling* unterbricht mich und ich blicke nach draußen. Mitten im Garten steht mein Freund und um ihn herum stehen die geschnitzten Kürbisfratzen. „Nico, schau mal."

Mein Sohn steht auf und hat dieses freudige Strahlen in den Augen. Und dafür liebe ich meinen Freund so sehr.

__Luna Day__ wurde 1982 in Wertingen geboren und wuchs in Augsburg auf, wo sie immer noch mit ihrem Mann und ihren zwei Kindern lebt. Ihre Liebe zum Schreiben entdeckte sie durch Harry Potter und Roll-Play-Games. Sie tippt Kindergeschichten, aber auch Fantasy- und Liebesgeschichten.

Der Kürbiskönig

Mitte März sah Luisas Wohnung aus wie eine kleine Gärtnerei. Überall auf den Fensterbänken standen dicht gedrängt kleine Tontöpfe, in denen Tomaten-, Gurken-, Paprika- und Kürbissamen schlummerten und sich nur danach sehnten, ans Licht zu kommen. Luisa hatte das Saatgut aus eigenen Früchten gewonnen, sie sorgfältig von Fasern befreit, getrocknet und über den Winter in kleinen beschrifteten Papiertütchen im dunklen Kellerraum aufbewahrt.

Nach acht Tagen ragten die ersten zarten Kürbisstängelchen samt Blättchen aus der Erde. Luisa konnte sich einen Jauchzer nicht verkneifen. Jeden Kern hatte sie einzeln in Anzuchterde gebettet, sie täglich gegossen und ihnen gut zugeredet.

Nach und nach keimten auch die anderen Gemüsesamen. Der Anfang war gemacht, dachte Luisa zufrieden. Wie sich die Pflanzen weiterentwickelten, hing von vielen Faktoren ab: Anhaltender Regen, Kälte, Trockenheit oder auch Parasiten konnten der besten Gärtnerin eine Erfolg versprechende Ernte zunichtemachen. Um die vorkultivierten Pflanzen abzuhärten, stellte Luisa sie jeden Tag für ein paar Stunden ins Freie.

Der Maihimmel war trüb, als sie die gestärkten Jungpflanzen in ihr Sommerquartier brachte. Der Platz neben dem Komposthaufen lag windgeschützt und war ideal. Luisa hatte die Erde von Unkraut befreit und kräftig gelockert, um den Pflanzen beste Startbedingungen zu bieten.

Der Juni brachte viele Sonnenstunden und auch genügend Wasser von oben, sodass Luisa nur wenig nachgießen musste. Während sie die Tomaten- und Gurkensetzlinge überdacht und an Seilen in die Höhe wachsen ließ, gab sie den Kürbispflanzen allen Freiraum zum Wachsen. In wenigen Wochen hatten sie ein tiefes Wurzelwerk gebildet. Rasch breiteten sich ihre Ausläufer übers ganze Beet aus. Bald zeigten sich auch ihre ersten Trichterblüten – sie waren goldgelb und bildeten die Fruchtansätze.

Fast täglich konnte Luisa nun zusehen, wie sich die kleinen Kürbisse in Form, Farbe und Größe veränderten. Um sie auseinanderzuhalten, dachte sie sich Namen für sie aus: Sie hießen Karl, Kevin, Klaas, Klemens, Knut, Konrad, Konstantin und Kurt.

Klemens war mit Abstand der kleinste Kürbis. Eigentlich war das nicht weiter schlimm. Doch als die anderen Kürbisse anfingen, ihn immer öfter auszulachen und ihm Gemeinheiten an den Kopf zu werfen, wurde er immer stiller. Klemens fühlte sich miserabel. Traurig ließ er seinen Kopf hängen. Was konnte er denn dafür, dass er nur halb so groß war wie die anderen?!

Luisa erkannte sofort, dass dem kleinen Kürbis etwas fehlte. „Mach dir nichts draus, du wirst auch noch größer werden!", tröstete sie ihn. Und von diesem Tag an mischte sie ihm jeden Samstag einen extra großen Schluck ihres selbstangesetzten Brennnessel-Jauche-Vitamintrunks unter das Gießwasser.

„Igitt, du stinkst!", riefen Kurt und Konrad dem armen Klemens zu. Viel hätte nicht gefehlt und der kleine Kürbis hätte seinen Kopf in den Sand gesteckt oder sich gar vom Acker gemacht. Doch Luisa enttäuschen? Nein, das brachte er nicht übers Herz.

Die junge Frau kümmerte sich rührend um ihn. Wenn die Augusthitze unerträglich war und der Regen wieder einmal vergeblich auf sich warten ließ, füllte sie Gießkanne für Gießkanne und brachte dem kleinen Kürbis das ersehnte Wasser aus der Regentonne. Dabei glühten ihre Wangen wie überreife, rote Äpfel.

Mit der Zeit lernte Klemens, seine Ohren auf Durchzug zu stellen, und er legte sich eine dickere Haut zu. Endlich hatte er begriffen: Wenn er sich nicht weiter von den anderen herunterziehen lassen wollte, musste er sich selbst annehmen – mit all seiner Andersartigkeit, seinen Fehlern und Schwächen.

Klemens gab sich tiefenentspannt. Schon bald strotzte er vor guter Laune und Energie und holte kräftig auf. Und der kleine Kürbis wuchs und wuchs ...

„Was ist denn plötzlich in den gefahren?", schnaubte Knut spöttisch. Und Kurt lästerte: „Jetzt will er es aber wissen, was!"

Noch gingen die Gemeinheiten gegenüber Klemens weiter, bis ...

... ja, bis Luisa Mitte September die ersten Kürbisse erntete. Konrad, Klaas, Kurt und Konstantin landeten unmittelbar im Suppentopf. Sie wurden weich gekocht, kräftig gewürzt, püriert, in Einmachgläser abgefüllt und haltbar gemacht. Den anderen gab Luisa Gesichter. Sie schnitzte ihnen Augen, Nase, Mund und Zähne und stellte sie mit flackernden Windlichtern in ihrem ausgehöhlten Inneren als gruselige Kürbisgespenster in die Dunkelheit.

Klemens saß noch immer im Gemüsebeet und schien mit sich und der Welt zufrieden. Vergnügt ließ er sich die Herbstsonne auf seinen dicken Bauch scheinen und beobachtete Regenwürmer, Spinnen und andere Krabbeltiere, die sich im Beet tummelten.

Der Kürbis hatte sich prächtig entwickelt. Mittlerweile war er so groß, dass er nicht einmal mehr in Luisas Schubkarre hineinpasste. Mithilfe ihres Nachbarn und einer ausgeliehenen Sackkarre stemmte Luisa den Schwergewichtler auf ihren Traktoranhänger und fuhr mit ihm ins Dorf – vorbei an abgeernteten Getreidefeldern und Kartoffeläckern.

In der großen Kürbisscheune neben der Pferdekoppel fand das alljährliche Kürbisfest statt. Kürbisse in allen Formen, Farben und Größen trafen sich hier mit ihren ausgewählten Artgenossen zum aufregenden Wettbewerb um das gewichtigste Exemplar. Zu Luisas Verwunderung schien Klemens nicht der einzige Kürbisriese zu sein.

Höflich nickte der Kürbis seinen Verwandten zu. Von allen Seiten erntete er freundliches Lächeln und bewundernde Blicke. Etwas unwohl fühlte sich Klemens dann doch, als sich immer mehr Leute um ihn scharten und ihm kameradschaftlich den Rücken tätschelten.

Währenddessen stiegen ihm herrliche Düfte von Kürbiscremesuppe, Kürbisgrillwurst und Kürbiswaffeln in die Nase. An den herbstlich geschmückten Tischen ließen sich die Gäste allerlei Kulinarisches rund um den Kürbis schmecken, während unter den Wettbewerbsteilnehmern die Spannung stieg. Luisa gab sich gelassen. Ihr Klemens schien einer der größten zu sein, doch war er auch der schwerste?

Das Ergebnis hätte nicht knapper ausfallen können: Mit nur 200 Gramm Vorsprung wurde Klemens Erster, er brachte stolze 54,6 Kilogramm auf die Waage! Unter anhaltendem Applaus wurde Klemens zum Kürbiskönig gekrönt. Auch Luisa strahlte und zeigte sich hocherfreut über den Warengutschein aus ihrer Lieblingsgärtnerei, den ihr ein Jurymitglied überreichte.

Und Klemens?

Ganz geheuer war ihm der Rummel um seine eigene Person nicht. Und als ihn die Menschen noch weiter bejubelten, regte sich in ihm sogar ein Gefühl von Mitleid mit Klaas, Knut und den anderen. Doch dann erinnerte er sich an einen Spruch, den ihm Luisa immer mal wieder ins Ohr geflüstert hatte: „Wer zuletzt lacht, lacht am besten!"

Und Klemens kicherte still in sich hinein.

Ulrike Müller wurde 1964 geboren. Sie ist vierfache Mutter und lebt mit ihrer Familie nahe Baden-Baden. Ihren Beruf als Bürokauffrau gab sie zugunsten der Familienzeit auf, sie ist jedoch seit vielen Jahren in kirchlichen und sozialen Gruppen ehrenamtlich tätig. Ideen zum Schreiben findet sie häufig in der Natur und im eigenen Garten.

Ein Kürbis hat Pläne

Steve Hokkaido hatte es eilig. Geschwind bahnte er sich seinen Weg durch die Stadt. Er verschwand in abgelegene Gassen, zog seinen Hut tief ins Gesicht. Bei dieser Mission wollte er auf keinen Fall erkannt werden. Vermutlich war er der bekannteste Kürbis des ganzen Landes. Wolfgang Wirsing hatte ihn schon vor Jahren angeworben und seitdem immer wieder mit ihm Geschäfte gemacht. Aber das sollte aufhören. Nein, das musste aufhören. Das Verticken von nachgemachten Brühwürfeln war für ihn noch in Ordnung, aber jetzt wollte Wolfgang eine internationale Brühwürfeldynastie aufbauen, damit wollte er nichts zu tun haben. Lange hatte Steve nachts wach gelegen und überlegt, wie er da wieder rauskommen kann. Immerhin ging es nicht nur um ihn, es ging auch um Pepper.

Pepper, wenn er nur an sie dachte, wurde ihm anders. Er musste über ihre erste Begegnung schmunzeln. Er hatte die rote Peperoni kennengelernt, als sie in der Bar *Nane* kühle Gazpachococktails mixte.

„Hey, Karotte, so nicht", warf sie dem etwas blass gewordenen Rolf Rübe entgegen.

„Was denn?", fragte der kleinlaut.

„Du weißt ganz genau, dass wir keine Fremdwährungen mehr annehmen."

„Gibt es Ärger? Kann ich helfen?", hatte Steve sich von der anderen Seite der Theke eingemischt.

„Nein, danke. Damit werde ich schon fertig. Also, Karotte, wir nehmen keine Backerbsen mehr an, nur noch Erdnüsse, klar?"

„Oh", kleinlaut legte Rolf Rübe die verlangten zwei Erdnüsse auf den Tisch.

Peppers freche und knallharte Art hatte es Steve angetan. Er blieb an diesem Abend sehr lange in der Bar *Nane*.

„Aber Schluss mit Träumerei", ermahnte er sich. „Ich habe noch etwas zu erledigen." Er schlich am Friseursalon vorbei und gab sich viel Mühe, möglichst unauffällig zu bleiben.

Karla Korianders Stimme erklang glockenhell, man konnte ihren nicht enden wollenden Wortschwall durch die ganze Gasse hören. „Hast du schon gehört, Kokos Milch, da soll es ja jetzt einen richtigen Bandenkrieg geben. Ich weiß auch nicht, aber irgendwie fühle ich mich langsam doch unwohl hier. Ich hab schon ganz üble Geschichten gehört …"

„Ach, was schwätzt die schon wieder", dachte Steve. Er betrat die große Blechdose, in der früher einmal die Hühnernudelsuppe lebte. Die Dose war nur schwach beleuchtet, Kochdampf schwebte in der Luft. Es war stickig und trist hier. Auf dem alten Holzschreibtisch stand ein Namensschild: *Paul Potato, Privatdetektiv.*

„Hast du es endlich geschafft, Steve?" Die schrumpelige Kartoffel schaute ihn durch ihre klobige Brille an.

„Paul, ich habe keine Zeit für große Reden. Hast du alles?"

„Klar", antwortete Paul und reichte ihm einen braunen Umschlag.

Steve öffnete ihn und prüfte die neuen Papiere für Pepper und sich gewissenhaft. Die Zugtickets für heute Abend waren ebenfalls dabei.

„Okay, bleibt es bei zwei Muskatnüssen?"

„Weil es so schnell gehen musste – drei."

Steve gab ihm die drei Nüsse, die so kostbar waren. Das war es ihm wert. „Danke. Falls einer fragt, du weißt von nichts", sagte Steve.

„Ehrens..."

Rumps!

Was war das? Hektisch lief Steve nach draußen. Sein Zwiebelhandlanger Onion war mit voller Wucht vor die Dose geknallt, seine Schale war leicht angeschlagen. „Kannst du nicht aufpassen, Onion? Wo kommst du überhaupt her?"

„Tut mir leid, Chef, es musste schnell gehen, da bin ich im Turbotempo gerollt … ich muss dir was sagen … es ist … es ist etwas passiert, aber es ist nicht meine Schuld, das musst du mir glauben. Ich … ich war abgelenkt."

„Nun sag schon!"

„Also, ich sollte ja ein Auge auf Pepper haben, bis alles geklärt ist. Ich habe Pepper in der Bar beobachtet und hatte alles im Griff, ehrlich", berichtete Onion.

„Weiter!", entgegnete Steve ungeduldig.

„Dann kam Silvia, die schlanke Spargellady, und setzte sich doch frech an meinen Beobachtungstisch. Ich habe ja schon länger einen

Zwiebelring auf sie geworfen, da konnte ich sie doch nicht abweisen. Sie erzählte mir von ihrem Job bei der Presse, der Saftpresse. Ich lauschte ihr gebannt und auf einmal war Pepper weg."

„WAS?", schrie Steve aufgebracht. „Das erzählst du mir erst jetzt? Wo ist sie?" Steve musste aufpassen, dass er sich nicht zu sehr aufregte. Dann würde er platzten und seine Kerne in hohem Bogen aus ihm rausfliegen.

„Chef, nicht aufregen, ich habe einen Plan", sagte Onion. „Ich habe dann Peppers Kollegin Rita, die rote Beete, ausgepresst. Sie konnte nicht genau sagen, wer es war. Mit ihrer Beschreibung lässt sich aber etwas anfangen. Sie sagte, Pepper sei von einer knallroten Tomate mitgenommen worden."

„Ach du meine Güte. Das kann ja nur Vitello Tomato sein, der italienische Handlanger von Wolfgang Wirsing."

„Mist", dachte Steve. Er wusste, warum er mit Pepper flüchten musste. War es jetzt womöglich schon zu spät?

„Weißt du Schlauberger, wo wir Vitello Tomato finden können?"

„Er hat einen Schrottplatz am Rand der Stadt."

„Dann mal los!"

Am Schrottplatz lagen überall leere Konservendosen, Suppenkellen und Würstchengläser. Steve und Onion schlichen sich langsam an und sichteten hinter einer Dose erst mal die Lage. Steve entdeckte Pepper als Erster. Seine schöne Pepper hing mit einem Knebel im Mund angebunden an einem Schaschlikspieß über einer fettspritzenden, gusseisernen Pfanne.

Er hörte Vitellos tiefe, bedrohliche Stimme: „Wenn du mir nicht sagst, wo Steve ist, landest du in der Pfanne."

Durch den Knebel konnte man nur ein Wimmern vernehmen.

Steve dachte nach, sie mussten Vitello irgendwie ablenken. Er hatte eine Idee, die er Onion zuflüsterte.

Der ging nach hinten und warf Reiskörner auf die Dosen. Das war so laut, dass Vitello für einen kurzen Augenblick von Pepper ließ. Steve hatte sich in der Zeit genähert, hob eine Suppenkelle und haute sie Vitello mit voller Wucht über den Schädel.

Vitello lag bewusstlos auf dem staubigen Boden, seine rote Haut war aufgeplatzt.

„Los, Onion, fessel ihn! Ich kümmere mich um Pepper." Schnellen

Schrittes ging er zu der heißen Pfanne. Es zischte und brodelte. Jetzt muss ich konzentriert bleiben, dachte Steve. Pepper durfte nichts passieren. Erst mal entfernte er den Knebel.

„Steve, es tut mir so leid. Ich wollte das nicht. Das ging alles so schnell. Vitello sagte, du seist verletzt und ich müsse schnell kommen. Dann hab ich meine Schicht ganz abrupt beendet und ...“

„Pst, ganz ruhig. Wir müssen dich zuerst von diesem Strick befreien.“ Onion hatte den bewusstlosen Vitello angebunden und kam zu Hilfe. Schnell hatten sie Pepper erlöst.

„Gerade noch mal gut gegangen“, sagte Steve zu seinem Handlanger. „Deine Schicht ist beendet, du kannst gehen.“

Er wandte sich Pepper zu. „Es bleibt bei unserem Plan, die Flucht ist eingestielt, ich habe alles geklärt, keine Sorge.“

„Aber kann ich mich noch von Rita verabschieden?“

„Dazu bleibt keine Zeit, in fünf Minuten geht der Zug.“

Eilig liefen sie zum Bahnhof, der Zug stand schon am Gleis. Die Türen schlossen sich, als sie gerade eingestiegen waren. Nach einem lauten Pfeifen ratterte der Zug davon.

__Julia Nachtigall,__ Jahrgang 1982, wohnt in Essen, hat eine Ausbildung zur Verlagskauffrau gemacht und ist seit Jahren als Sekretärin tätig. Aktuell arbeitet sie an der Universität Duisburg-Essen. Ihre Leidenschaft für Bücher hat sie dazu bewogen, selbst Kurzgeschichten zu schreiben.

Ich koche ...

(aus der Sicht eines Kochtopfes)

Meinen Edelstahl-Kochtopf – geputzt blitzeblank –
zieht eine Frau heraus aus dem Küchenschrank.
Bei dem Gedanken wird mir bereits schon heiß.
Bald rinnt mir mächtig von der Stirn der Schweiß.

Dann folgt eine Punktlandung auf der Herdplatte,
leider lang nicht so weich wie auf der Sisalmatte!
Ein kalter Wasserschauer ergießt sich jetzt hinein.
Warum so viel Regen? Draußen ist Sonnenschein.

Kürbis- und Gelbe-Rüben-Stücke landen im Topf,
baden im Wasser und mir raucht bald mein Kopf.
Ich registriere, dass der Herdschalter hörbar klickt.
Von Hand werde ich noch einmal zurechtgerückt.

Allmählich wird mir warm, dann zunehmend heiß.
Am Topfrand herunter rinnt bereits mein Schweiß.
Die Scheibe Butter schmilzt dank der Hitze sofort,
hat sich gewiss nicht ausgesucht den warmen Ort.

Es folgen Suppenwürze, Pfeffer, eine Prise Salz,
Petersilie, Schnittlauch nach dem Butterschmalz.
Nun köchelt alles vor sich hin, dampft und raucht,
was mich als Topf ob der großen Hitze schlaucht.

Ein Kochlöffel läuft kreuz und quer am Topfboden,
denn auch eine Kürbissuppe braucht gute Noten.
Sie bekommt diese bestimmt, wie ich wohl meine,
denn mit dem Stabmixer püriert wird sie 'ne feine.

Die Kürbisbrocken wirken nicht mehr versteinert.
Mit einer halben Sahne wird die Suppe verfeinert.
Zum Andicken mit angerührtem Mehl wird's Zeit.
Aufkochen – Endspurt der brodelnden Flüssigkeit.

Nach dem Verkosten folgt erneut eine Prise Salz
und mir steht die mörderische Hitze bis zum Hals.
Endlich dreht die Hausfrau den Stromschalter aus.
Anscheinend ist fertig der Kürbissuppen-Schmaus.

In einer Pfanne rösten Semmelstücke vor sich hin.
Ich kann froh sein, dass ich unterdessen fertig bin.
Ein Comeback erlebt die Teflon-Pfanne nebenan.
In ihr ist noch das Anrösten der Kürbiskerne dran.

Diese werden zum Verzieren der Suppe gebraucht,
wenn sie gar ist und mir der Kopf nicht mehr raucht.
Schnittlauchröllchen dürfen der Suppe nicht fehlen,
die dem Sahneklecks darauf nun die Show stehlen.

Die Kürbissuppe ist fertig – ein gelungenes Gericht.
Sie duftet köstlich, was verrät der Hausfrau Gesicht.
Die Hausfrau kann ihres Amtes Tisch decken walten.
Servietten braucht sie zumindest heute nicht falten.

Nur ihre Kinder kommen heim – die Schule ist aus.
Mit hungrigen Mägen stürmen die Mädels ins Haus.
Redselig sind sie – wie alle Kinder – ganz aufgeweckt.
Man sieht, dass die Kürbissuppe köstlich schmeckt.

Während ein Kind noch seinen Suppenteller ausleckt,
kann ich etwas dösen, bis man mich wieder aufweckt.
Manchmal habe ich auch länger Zeit und muss warten,
wenn die Hausfrau erst die Spülmaschine will starten.

Dann folgt das, was ich als Topf fast laufend erlebe:
Ich werde gespült und gefegt – bis ich vor Wut bebe.
Es geht mir mit der Spülbürste heftig an den Kragen.
Hätte ich nur eine Stimme, ich würde lautstark klagen!

Wenn das Trockentuch auftaucht, geht's mir besser.
Ich werde gestreichelt wie vom Besteck das Messer.
Jetzt fühl' ich mich wieder glänzend und ganz blank,
darf an meinen Stammplatz zurück in den Schrank.

Auch wenn es dort nur finster ist, für mich ist's Glück,
denke ich an die Prozedur dieser Schrubberei zurück.
Endlich habe ich meine Ruhe bis zum nächsten Tag.
Glaubt Ihr mir jetzt? Auch das Topfleben ist eine Plag'.

Sieglinde Seiler wurde 1950 in Wolframs-Eschenbach, der Stadt des Minnesängers Wolfram von Eschenbach (Bayern), geboren und ist von Beruf Dipl. Verwaltungswirt (FH). Sie lebt mit ihrem Ehemann heute in Crailsheim (Baden Württemberg). Seit ihrer Jugend schreibt sie Gedichte. Später kamen Aphorismen, Märchen und Prosatexte hinzu. Ferner fotografiert sie gerne. Gedichte, Geschichten und Märchen wurden in diversen Anthologien veröffentlicht.

Kern

Wesentlich der Kern
Auf Umlaufbahnen kreisen
Wechselnde Moden

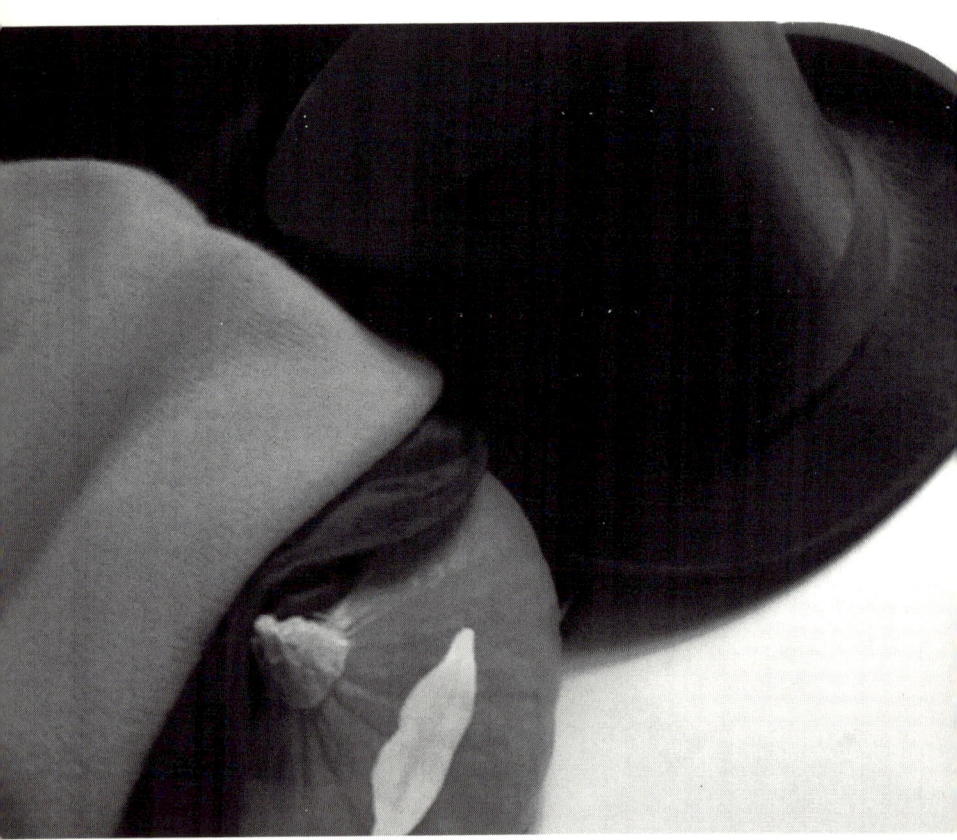

Ingeborg Henrichs, *zuhause in Ostwestfalen, schätzt das Schöne und Nützliche in Natur und Kultur. Einige Veröffentlichungen.*

Wie Uchiki Kuri den Abend rettete

„Morgen kommt mein Chef mit seiner Frau zum Abendessen", rief mir mein Mann aus dem Wohnzimmer zu, ohne den Blick von den Sportnachrichten zu lösen.

Erschrocken stürmte ich aus der Küche. „Wie meinst du das?"

„Sie kommen vorbei, wir reden ein wenig über das Geschäft und dann gehen sie wieder", erklärte mein Mann sachlich.

„Nein, das geht nicht. Was soll ich denn kochen? Und überhaupt, wie schaut es denn bei uns aus!" Hysterisch rannte ich durch das Wohnzimmer.

„Ich hab dir schon mehrmals gesagt, dieser ganze Kitsch muss weg, das sind nur Staubfänger." Er deutete auf meine erst kürzlich arrangierte Herbstdeko am Tisch. „Nimm doch ein paar von diesen orangenen Dingern, vielleicht kann man was daraus machen." Damit war für ihn das Thema erledigt.

„Diese orangenen Dinger sind Kürbisse", fauchte ich, fand seinen Vorschlag aber gar nicht so dumm. Hektisch durchstöberte ich meine Kochbücher nach einfachen, jedoch extravaganten Gerichten, musste aber bald verzweifelt aufgeben und wünschte mir in diesem Moment, ich hätte Koch anstatt Bürokauffrau gelernt.

„Das ist es!", rief ich aufgeregt, streifte meine Jacke über und verließ die Wohnung.

Wenige Minuten später betrat ich das hoch angepriesene Restaurant wenige Quergassen weiter und bat um einen Tisch. Der Kellner tat wie ihm befohlen, reichte mir eine Speisekarte, wies mich auf die Kürbis-Spezialitäten hin und erkundigte sich nach meinen Wünschen. Ich winkte ab und studierte alibihalber die Gerichte, während ich mir einen Plan überlegte, wie ich an die Rezepte kommen konnte.

„Uchiki Kuri Spice Latte, Suppe vom Rouge Vif d'Etampes, Pilgrim Röllchen", las ich leise.

Ich deutete dem Kellner und er trat zu mir: „Haben Sie gewählt?"

„Ich verstehe die Gerichte nicht und da ich unter einer Menge Lebensmittelallergien leide, hoffe ich, dass Sie mir die genaue Zubereitung erklären können", lächelte ich ihn unbeholfen an.

Verständnisvoll nickte er.

„Was ist Uchiki Kuri Spice Latte? Wissen Sie, ich vertrage keine Milch, wird diese darin verarbeitet?"

„Es ist ein Getränk vom Uchiki Kuri, einer Hokkaido Sorte aus Japan", erklärte er und ging dann auf meine weitere Frage ein. „Nein, es ist keine Milch darin enthalten, wir verwenden als Basis einen Haferdrink."

„Wissen Sie, ich vertrage auch nicht so viele Gewürze, welche sind denn davon enthalten?"

Er nickte. „Eine Prise Zimt, Muskat, Nelken, Ingwer und Piment."

„Und wie kann ich mir die Zubereitung jetzt vorstellen? Kann es irgendwelche Kreuzkontaminationen mit anderen Gewürzen oder Zutaten geben?", tat ich scheinheilig und hoffte, er würde mir endlich das Rezept verraten.

„Aber nein, auf keinen Fall, bei uns in der Küche gelten die höchsten HACCP Standards", rief er aus und deutete mir, einen Moment zu warten, und kam kurz darauf mit dem Küchenchef wieder.

„Wie kann ich Ihnen helfen?", erkundigte sich der groß gewachsene Koch mit der strahlend weißen Dienstkleidung bei mir.

„Ich habe sehr viele Lebensmittelallergien und möchte gern unter anderem den Spice Latte probieren, mache mir aber Sorgen wegen Kreuzkontaminationen."

„Verstehe", sagte er geduldig. „Bei der Zubereitung des Uchiki Kuri verwenden wir nur reines Wasser, in welchem er weich gekocht zu einem Püree verarbeitet wird. Bei der Zugabe der Gewürze achten wir sehr darauf, dass es zu keiner Vermischung mit anderen Zutaten kommt. Und dann kommt noch Espresso, Haferdrink und Ahornsirup dazu."

„Wie viel Espresso? Ich möchte heute noch einschlafen können", log ich.

„40 Milliliter."

„Und vom Haferdrink?"

„Etwas weniger als ein Viertelliter."

„Ich habe Angst, dass es durch den Ahornsirup zu süß wird."

„Es ist nur ein Teelöffel."

Ich nickte und tat, als würde ich überlegen.

„Und wenn ich die Suppe wähle, welche Allergene muss ich hier erwarten?"

Der Küchenchef zog die Augenbraue hoch, verharrte aber geduldig an meinem Tisch. „Die Basis ist eine Gemüsesuppe und Gewürze wie Salz, Pfeffer und Curry."

„Ich habe schon erwähnt, ich vertrage keine Milch", sagte ich und wollte nochmals glaubhaft meine Allergien aufzählen, doch der Küchenchef unterbrach mich.

„Um der Suppe eine cremige Konsistenz zu verleihen, verwenden wir Schlagobers."

Nachdenklich legte ich die Stirn in Falten. „Kann ich ihn weglassen? Und welcher Kürbis wird für die Suppe verwendet?"

Misstrauisch sah mich der Koch an, „Nein, nicht wirklich, sonst schmeckt die Suppe nicht. Es ist ein roter Zentner."

„Und gibt es hier die Gefahr von Kreuzkontaminationen?", fragte ich wissbegierig.

„Gute Frau, ich versichere Ihnen, alle Standards der guten Herstellungspraxis werden eingehalten", erwiderte er leicht gereizt.

„Ich will nur sichergehen, nicht, dass Sie mir etwas verheimlichen und dann lande ich im Spital. Diese negative Publicity möchten Sie doch sicher vermeiden, oder?"

„Der Kürbis wird geschält und gekocht, dann werden Zwiebeln und Knoblauch angedünstet und mit dem weichen Kürbis püriert."

„Tatsächlich, Zwiebel und Knoblauch sind enthalten. Ich hoffe nicht zu viel, darauf bekomme ich immer Bauchweh", fiel ich ihm ins Wort.

„Jeweils ein Stück."

„Sehr gut, bitte fahren Sie fort", ermunterte ich ihn.

„Mit Gemüsesuppe aufgießen und mit den zuvor erwähnten Gewürzen abschmecken und abschließend den Schlagobers hinzugeben", seufzte er genervt.

Ich rückte etwas näher und sprach nun mit gedämpfter Stimme. „Und sonst ist nichts mehr drin, wissen Sie, ich bin seit ein paar Monaten trocken, oftmals kommt ja als geheime Zutat noch irgendein Schlückchen hinzu."

„Es ist ein Schuss Wermut darin."

„Dann nehme ich bitte die Pilgrim Röllchen." Ich hielt kurz inne und sah ihn eindringlich an.

„Besser, Sie verraten mir zuerst, wie es gemacht wird, Sie verstehen sicher, dass ich aufgrund meiner Lebensmittelallergien nichts riskieren möchte."

Tief Luft holend und mittlerweile etwas verspannt stand er vor mir und beäugte mich mehr als kritisch. „Diese Röllchen werden von einer Sorte des Butternut Kürbis gemacht. Es wird Öl, Salz, Pfeffer, Semmelbrösel und Käse verwendet."

„Semmelbrösel", quieke ich auf, „sind da etwa Gluten enthalten?"

„Selbstverständlich kann man es auch glutenfrei anrichten, wir können dies aber leider nicht anbieten."

„Für was braucht man es denn, kann man es weglassen?", erkundigte ich mich und tat so, als wollte ich wirklich etwas bestellen.

„Die Kürbisröllchen werden darin gewälzt und anschließend im Öl ausgebacken."

„Verstehe. Haben Sie auch etwas von Käse erwähnt, den darf ich auch nicht essen", gab ich zu bedenken.

„Wir verwenden Schafskäse aus langer Reifung, also eine laktosearme Sorte", ratschte er herunter.

„Das mag ich nicht, welchen Käse könnte man sonst nehmen?"

„Mozzarella. Aber so servieren wir das Gericht nicht." Langsam wurde er unbeherrscht, doch ich hatte noch nicht alle Informationen zusammen.

„Also rollen Sie den Käse in den Kürbis ein und panieren ihn. Welches Öl nehmen Sie, denn Raps kann in seltenen Fällen auch Gluten enthalten", fuhr ich fort.

Er seufzte. „Wir braten dünne Scheiben des gewürzten Kürbisses in Olivenöl an, danach wird der Käse eingerollt, anschließend paniert und nochmals in Olivenöl ausgebacken."

Ich nickte, bedankte mich für seine Auskunft und tat dann so, als würde ich nochmals die Speisekarte studieren. In einem unbeobachteten Moment erhob ich mich vom Tisch und verließ eiligst das Restaurant.

„Wo warst du denn so lange?", begrüßte mich mein Mann kurz danach schon an der Eingangstür und wirkte ehrlich besorgt.

„Ich war mir nur kurz Anregungen für morgen holen. Das wird ein kulinarischer Hochgenuss", grinste ich und notierte mir eilige die Rezepte, damit ich ja nichts vergaß.

***

Kürbisröllchen-Rezept

Zutaten für 6 Personen:
1 Butternut Kürbis, davon 6 dünne Scheiben
50 ml Olivenöl
100 g Semmelbrösel
125 g Käse in Scheiben (z. B. Schafskäse oder Mozzarella)

Zubereitung:
Kürbis schälen und sechs gleichdünne Scheiben abschneiden. In Olivenöl kurz scharf anbraten. Die ausgekühlten Kürbisscheiben mit Käse belegen, einrollen und auf einem Schaschlikspieß aufspießen. Nun die Röllchen in Semmelbrösel wenden und im Olivenöl goldbraun anbraten.

Kürbissuppe-Rezept

Zutaten für 4 Personen:
1 kg vom Kürbis Roter Zentner
1 Zwiebel
1 Knoblauchzehe
500 ml Gemüsebrühe
Salz, Pfeffer, Curry
200 ml Schlagobers
Ein Schuss Wermut

Zubereitung:
Den Kürbis entkernen, in kleine Stücke schneiden und in Wasser weichkochen. Zwiebel und Knoblauch klein schneiden, dann anrösten und mit dem weich gekochten Kürbis vermischen. Alles pürieren. Gemüsebrühe, Salz, Pfeffer und Curry hinzufügen, alles aufkochen und Schlagobers einrühren. Abschließen ein Schuss Wermut hinzugeben.

Kürbis Spice Latte-Rezept

Zutaten für 1 Person:
4 EL Hokkaidokürbis zu Püree verarbeiten
40 ml Espresso
200 ml Haferdrink
1 TL Ahornsirup
1 Msp. Muskat, Zimt, gemahlene Nelken, Piment und Ingwerpulver

Zubereitung:
Hokkaidokürbis klein schneiden und in Wasser weich kochen, anschließend pürieren. Alle Gewürze und den Ahornsirup mit dem Püree vermischen. Espresso hinzufügen. Den Haferdrink erhitzen, aufschäumen und über das Püree geben. Am besten warm genießen.

***

Sabine Syrch-Müller, geboren 1982 in Wien, aufgewachsen in Niederösterreich, studierte Umwelt- und Sicherheitsmanagement. Sie schreibt neben ihrem Beruf leidenschaftlich gerne Kurzgeschichten. Seither mehrere Veröffentlichungen in Fachzeitschriften und Anthologien. Ihr erster Roman „Mini-Me auf Kreuzfahrt" erschien im November 2021. Infos: www. facebook.com/S.M.Syrch.

Mein Kürbis am Fenster

Er steht da und leuchtet,
knallrundes Gesicht,
Augen wie Höhlen,
das stört mich nicht!

Zackig sein Mund,
er hat keine Ohren,
ein eisiger Wind,
ich wär fast erfroren!

Heut will ich's wagen,
klopf bei ihm an
und die Tür öffnet,
ein steinalter Mann!

Seine Hand zittert,
ich trete ein,
steh in der Küche,
winzig und klein.

„Den Kürbis am Fenster
hab ich geschnitzt,
habe die Augen
tief eingeritzt!"

Er zeigt mir ein Messer
mit blitzender Klinge.
Ich kippe fast um,
nach Luft ich ringe!

Schnell lauf ich hinaus
in eiskalte Nacht.
Grusliger Kürbis,
was hast du gemacht???

Dann wache ich auf,
das war ein Schreck!
Mein Kürbis im Fenster
ich stelle ihn weg ...

Dörte Müller, *geboren 1967, schreibt und illustriert Kinderbücher. Sie lebt mit ihrer Familie in Bonn und unterrichtet an einer Gesamtschule.*

Der freundliche Kürbis

Auf dem kleinen Bauernhof herrscht reges Treiben. Morgen Abend ist Halloween und auf dem Hof soll eine große Party stattfinden. Dafür müssen der Hof und vor allem die alte Scheune, die das Geisterhaus werden soll, dekoriert werden. Ein junger Mann schiebt eine Schubkarre voller Kürbisse vor die Scheune.

Einer der Kürbisse ist Kilian. Der Kürbis sieht gruselig aus mit seinem großen Mund voller spitzer Zähne und den beiden dreieckigen Augen. Sein Gesicht ist sogar das Gruseligste von allen. Aber Kilian will gar nicht gruselig sein.

Der Mann hat sich viel Mühe mit ihm gegeben. Stundenlang hat er an ihm geschnitzt. Er war lange nicht zufrieden gewesen, weil Kilian einfach zu freundlich aussah. Aber je größer der Mund und je spitzer die Zähne wurden, desto besser gefiel Kilian dem Mann.

„Dich lege ich auf den Buffettisch! Da sollen sich die Kinder erst mal an dir vorbeitrauen, bevor sie an die Kekse kommen!", hatte der Mann gesagt und gelacht. Und genau dorthin brachte er Kilian nun auch.

Aber Kilian ist nicht stolz auf seine neue Fratze, er ist traurig. Das ganze Jahr über hat sich niemand für ihn interessiert. Niemand hat sich darüber gefreut, wie groß und rund Kilian wuchs, wie glatt seine Haut war und wie strahlend seine Farbe. Und jetzt, zu Halloween, wo er plötzlich ganz wichtig ist, ist er nur noch gut genug, um Kindern Angst zu machen. Dabei ist Kilian doch ein netter Kürbis.

Später, als es schon dunkel wird und die Menschen mit dem Dekorieren fertig sind, hört Kilian ein Scharren hinter sich. Etwas windet sich durch einen Spalt in der hölzernen Scheunenwand. Kurz darauf huscht ein kleines, langes Wesen an dem Tisch vorbei, auf dem Kilian liegt.

„Hey, du", ruft der Kürbis leise. Er kennt das Eichhörnchen aus dem Garten. Das Tier hält inne und wuselt zurück zum Tisch.

„Hier oben", sagt Kilian und das Eichhörnchen klettert zu ihm hoch. „Kannst du mir helfen?", fragt der Kürbis.

Das Eichhörnchen legt den Kopf schief.

„Morgen kommen Kinder hierher. Und mein Gesicht sieht zu gruselig aus! Ich möchte den Kindern keine Angst machen, ich bin doch ein freundlicher Kürbis! Kannst du mir zumindest die spitzen Zähne herausnagen?"

Hilfsbereit macht sich das Eichhörnchen an die Arbeit. Aber es findet Gefallen an dem Kürbisgeschmack und nagt den Mund noch größer und die Augen runder. Es hört nicht auf Kilian, der findet, dass es nun genug sei, und hört erst auf zu nagen, als es satt ist.

„Oh nein", denkt Kilian, „jetzt sehe ich bestimmt noch schlimmer aus als vorher!"

Am nächsten Nachmittag kommt eine junge Frau in die Scheune. Sie stellt Kekse um Kilian herum auf den Tisch und zündet Kerzen an. Ihr scheint nicht aufzufallen, dass Kilian sich verändert hat.

Wenig später strömen Kinder in die Scheune. In manchen Ecken ist es ganz dunkel, aber neben Kilian flackern zwei Kerzen. Die Kinder kichern nervös und warten, bis sie sich etwas an die Dunkelheit gewöhnt haben, bevor sie sich weiter in die Scheune trauen. Aus Lautsprechern kommt das Heulen von Eulen und das hohe Lachen von Hexen. Kilian hört, wie die Kinder immer wieder erschrocken schreien. Ihm gefällt es hier ganz und gar nicht. Aber was er noch schlimmer findet, ist, dass die Kinder über ihn lachen.

Ein Kind ruft: „Was soll das denn für ein Gesicht sein? Sogar mein kleiner Bruder hat ein besseres geschnitzt!"

Kilian wollte, dass sie fröhlich sind, aber jetzt klingen sie gemein. Kinder gehen an ihm vorbei und nehmen sich Kekse. Zumindest macht Kilian ihnen keine Angst.

Plötzlich bleibt ein Mädchen vor ihm stehen. „Dir gefällt es hier auch nicht, oder? Weißt du, was? Wir gehen einfach nach draußen!"

Kilian ist sich nicht sicher, ob sie wirklich mit ihm spricht. Wie soll er denn nach draußen gehen? Da umschlingt das Mädchen ihn schon mit seinen Armen und hebt ihn ächzend hoch. Schwankend geht es mit dem Kürbis zur Scheunentür. Einige Kinder schauen es überrascht an, aber das ist dem Mädchen egal. Vor der Scheune legt es Kilian vorsichtig in eine Schubkarre und bringt ihn darin zu einer kleinen Wiese vor dem Wohnhaus.

„Ich weiß nicht, warum an Halloween alles immer gruselig sein muss. Ich finde es viel schöner, wenn Kürbisse lächeln dürfen, anstatt

Grimassen zu schneiden", erzählt es Kilian. „Schau mal, das sind deine neuen Freunde!" Das Mädchen deutet auf einige lächelnde Gartenzwerge. „Hier passt du viel besser hin als zu den Skeletten und Spinnweben!" Da kann Kilian ihr nur recht geben. Plötzlich fasst das Mädchen Kilian in den großen Mund. Als sie ihre Hand wieder herauszieht, liegt ein weißer Kern darin. „Ha! Gut, dass du nicht gründlich ausgehöhlt wurdest. Schau mal, das ist ein kleiner Schatz. Daraus wird einmal eine große Kürbispflanze wachsen. Und bestimmt werden die Kürbisse so schön wie du!"

Während das Mädchen den Kern einpflanzt, denkt Kilian glücklich: „Ein Kürbis wie ich kann eben doch viel mehr, als nur Kinder zu erschrecken."

Miriam Vierke, 18 Jahre, aus Baden-Württemberg.

Was ist das?

In vielen Variationen sind sie auf dem Feld zu sehen,
ab September oder Oktober kann man sie ernten gehen.
In Grün, Weiß, Orange und roten Farben
sind sie des Herbstes schöne Gaben.
Rundlich, oval oder gebogen
liegen sie auf Mutter Naturs Boden.
Blätter in Herzform, grünlich groß,
doch wie heißt dieses Gewächs bloß?
Oben haben sie einen dicken Stiel,
mit ihnen kochen kann man doch so viel.
Leckere Suppe, Auflauf oder Kuchen
will Groß und Klein einmal versuchen.
Als Dekoration sind sie wie gemacht,
an Halloween wirst du von den geschnitzten Gesichtern angelacht.
Wisst ihr, von welchem Gewächs ich spreche,
welches sich verteilt über die große Ackerfläche?
Eine Karotte?
Aber nein.
Richtig!
Es muss ein Kürbis sein.

Fiona Walter, 20 Jahre alt. Ursprünglich kommt sie aus einem kleinen Dorf namens Oberschopfheim in Südbaden. Aktuell studiert sie BWL in Konstanz. Sowohl die Freude, Gedichte zu schreiben, die sie schon über sechs Jahre begleitet, als auch der Leistungssport Trampolin prägen ihre Freizeit.

Eine Kürbisreise

Hans wachte auf und blinzelte in die ihm allzeit vertraute Dunkelheit. Um ihn herum hingen die anderen seiner Kolonie und schliefen noch. Hans rekelte sich und bewegte sich so weit, wie der orangene Faden, der in der Finsternis kaum zu erkennen war und an dem er festhing, es zuließ. Auf der linken Seite nahm er nun eine Bewegung wahr. Es war Ella, die sich trotz des Fadens, der sie hielt, wand und drehte. Sie war schon immer ein Freigeist gewesen. Die anderen fanden sich damit ab, auf einer gemütlichen, schaumstoffartigen Masse zu liegen und abzuwarten.

Plötzlich gab es einen Ruck. Ella, Hans und alle anderen baumelten plötzlich an den Fäden, die sie hielten. Die ganze Höhle wackelte. Dann war es wieder ruhig.

Frau Krämer trug wie jeden Samstagvormittag gemeinsam mit ihrem Sohn die Einkäufe von ihrem kleinen Pkw über den Gartenweg ins Haus und stellte sie dort auf den Küchentisch. Heute hatten sie viel Gemüse gekauft. Karotten, Zwiebeln, Lauch, Tomaten, Gurken und einen großen, orangenen Kürbis.

Hans atmete durch. Alles war wieder ruhig, doch durch die Erschütterung waren die anderen alle aufgewacht und nun ging es zu wie in einem Bienenstock.

„Was war das denn?", rief Hella, die nun wieder auf ihrem weichen Untergrund lag.

„Holt mich hier runter!", kreischte Leon, der immer noch von der Decke baumelte.

„Mir ist ganz schlecht von dem Geruckel", maulte Lisbeth.

Frau Krämer holte ihren Sohn aus dem Garten, weil er ihr beim Einräumen der Einkäufe helfen sollte. Heute hatte er sich Kürbissuppe zum Mittagessen gewünscht, und weil Frau Krämer heute frei hatte und Kürbissuppe ebenso gerne aß, kam sie diesem Wunsch nur zu gerne nach. Nachdem alle Einkäufe in den Schränken verstaut waren, machte sie sich daran, die Zutaten zusammenzusuchen. Sie holte Zwiebeln, Kräuter, Kartoffeln, Brühe, Lauch, Fenchel und den großen orangenen Kürbis.

Noch einmal bebte die Höhle. Hans warf es nun gegen die weiche Wand. Ella lag ebenfalls dort. „Was meinst du, war das?", fragte Hans. „Vielleicht werden wir bald das Licht sehen" ,sagte Ella. „Meinst du?", zweifelte Hans.

Frau Krämer würfelte die Zwiebeln, die Karotten und die Kartoffeln, schnitt den Lauch und den Fenchel. Dann legte sie das Messer an den Kürbis.

Auf einmal ertönte ein Knacken. Hans riss die Augen auf. Die Wände der Höhle brachen und durch die Spalten wurde die ganze Höhle mit Licht überflutet.

Zora Löw, 16 Jahre. Hat bereits einige Texte veröffentlicht

Kürbissüppchen

Fleisch kauf ich ein und Suppenknochen,
ich werd' heut Kürbissuppe kochen.
Denn man hat mich aufgeklärt,
dass im Herbst sich das gehört.

Den Hokkaido will ich wählen,
den braucht man nämlich nicht zu schälen.
Wein und Sahne steh'n parat,
fehlen noch Pfeffer und Muskat.

Auch ein paar Tropfen geb ich gern
hinein vom Öl aus Kürbiskern.
Noch schnell püriert und abgeschmeckt,
dann wird sogleich der Tisch gedeckt.

Kommt, Freunde, heut lad' ich euch ein
zum Kürbissüppchen und zum Wein.
Wir essen, trinken, tun uns gütlich,
gemeinsam essen ist gemütlich.

Carola Cursio ist 73 Jahre alt, wohnt in Nürnberg und ist im Ruhestand. Gearbeitet hat sie als Sachbearbeiterin einer Bank. Lesen und Reisen gehört zu den Dingen, die sie nicht missen möchte. Sie kocht gerne mediterran, auch zusammen mit ihrem Mann, und trinkt gerne ein Glas guten Rotwein. Gedichte schreiben macht ihr Freude und sie hat schon einige in Anthologien veröffentlichen dürfen.

Der coole Kürbiskoch Franz

Unser cooler Kürbis Franz
verspricht euch in der Kürbiszeit
viele süße und salzige Kürbisleckereien,
kommt, seid bereit.

Der beste Kürbiskoch unter seinesgleichen
kommt, schaut her, nicht übertrieben,
ihr werdet schon seh'n.

Kürbisgerichte aller Art zaubert er im Nu,
kommt, schaut her, er ist bereit.

Das könnt ihr schon glauben
in dieser schönen Kürbiszeit.

Kochen, das macht ihn glücklich.
Herbstzeit bringt Freude Stück für Stück
er möchte euch verwöhnen in diesem Augenblick.

Kürbissuppe muss auf den Tisch
darf man nicht versäumen, denkt er.
Nein, ist nicht verrückt,
er erhofft sich von euch viel Applaus immerzu ...
Das ist halt so.

Auch Zucker mag er ganz besonders,
das ist ihm bewusst,
er wird ihn stets benutzen, das ist klar,
auch noch in Tausend Jahren, besonders bei seinem Lieblingsgericht.

Wie ein Regenbogen am Himmelhorizont
sehen seine Gerichte aus.
Er liebt es, mit Gewürzen zu spielen,
davon kein Wort übertrieben,
das musste jetzt raus.

Seine Küchengeräte schwingt er selbstbewusst
auf und ab, es fällt ihm leicht.
Jeder Handschlag sitzt, das muss wohl so sein.

Jedes Kürbisgericht ein Unikat,
was selten ist, mit viel Witz,
darum wird jedes einzelne ein Megahit.

Kürbis Franz ist stolz, keine Frage,
er, der Küchenmeister schon seit vielen Jahren.
Sein Markenzeichen im Land der Kürbisse immerzu.
Jeder kennt ihn, das ist grandios.

Frau Liselotte – ganz besonders an jedem Tag,
bei ihr verbringt er den Feierabend, egal, was auch kommen mag.
Zu scherzen mit ihr macht ihm Freude, in jeder Sekund'
auf dem Kamin zu sitzen – aber leider nicht gesund.

Alle Kürbisköche möchten so sein wie er,
aber keiner schafft es,
das freut Kürbis Franz noch mehr.

Er ist stolz, im Land der Kürbisse ein Held zu sein,
er ist schon wer,
das kann man sagen, nicht jeder kann das,
denn er ist einmalig.

Kristina Plenter lebt im Westmünsterland Deutschlands in der schönen Stadt Gronau, die an der niederländischen Grenze zu Enschede liegt. Sie schreibt leidenschaftliche Kurzgeschichten für Kinder und Gedichte. Andere Hobbys von ihr sind das Lesen und Malen am Computer. Nimmt gerne an Anthologien teil.

Das Märchen vom Kürbis

Draußen im Garten wuchs ein niedlicher kleiner Kürbis. Er hatte einen guten Platz. Sonne konnte er bekommen, Luft war genug da und ringsherum wuchsen viele Kameraden, sowohl Hokkaidos als auch Butternuts. Der kleine Kürbis wünschte sich aber sehnlichst, größer zu werden. Er beachtete nicht die warme Sonne und die frische Luft, er kümmerte sich nicht um die Kinder, die im Garten spielten. Oft setzten sie sich mit einem frischen Apfel direkt neben den Komposthaufen, auf dem der Kürbis wuchs, sahen sich die Kürbisse an und sagten zu ihm: „Schau dir nur diesen kleinen hier an! Nein! Wie niedlich der ist! Der ist noch viel zu klein, um geerntet zu werden." Das mochte der kleine Kürbis gar nicht hören und es ärgerte ihn.

In den darauffolgenden Tagen strengte er sich noch mehr an, zu wachsen. Und er dachte immer wieder: „Oh, wäre ich doch ein großer, dicker Kürbis – so groß und prächtig wie die anderen hier!" Dann seufzte der kleine Kürbis. Er hatte keine Freude am Sonnenschein, an den vorbeifliegenden Insekten oder den rosafarbenen Wolken, die morgens und abends vorüberzogen.

Unter dem Komposthaufen lebte eine dicke Ratte, die sprang einfach über den Kürbis drüber. Das fand er so ärgerlich, dass er vor Wut ganz rot geworden wäre, wenn er es gekonnt hätte. „Oh, wenn ich nur wachse, wachse und groß und alt werde, das ist doch das einzig Schöne auf der Welt", dachte der Kürbis.

An einem Morgen kam die Gärtnerin, pflückte die größten seiner Kameraden ab, legte sie behutsam in einen Korb und trug sie davon.

„Wo sie nur hingebracht werden?", überlegte er, als gerade ein Spatz neben ihm auf dem Kompost landete. „Weißt du nicht, wo die Kürbisse hingebracht werden?", fragte er den Spatzen.

„Klar weiß ich das. Sie kommen in ein Regal vor das Haus, dort werden sie einzeln abgeholt und Autos fahren sie in die unterschiedlichsten Richtungen." Und schon flog der Spatz davon.

Sie gingen also auf eine Reise und konnten sich die Welt anschauen, stellte sich der Kürbis vor. Oh wie gern wäre der kleine Kürbis auch groß genug, um mit einem Auto auf Reisen zu gehen.

In den nächsten Tagen konzentrierte er sich wieder auf nichts anderes, als noch mehr zu wachsen, und weil er alle Kraft in das Wachsen steckte, bemerkte er gar nicht, wie die Blätter der Bäume um ihn herum bunter wurden, die Sonnenblumen kicherten, sie verstanden nicht, warum sich der Kürbis nicht an seiner Jugend erfreute und an seinem schattigen Plätzchen, auf dem er liegen durfte.

Die bunten Schmetterlinge und Vögel schwebten über ihm davon und grüßten ihn freundlich, aber nie erwiderte er ihren Gruß. Was hätten sie ihm nur alles erzählen können, wenn er sich Zeit genommen hätte für sie ... Ja, wenn.

Er war so mit Wachsen beschäftig, dass er alles andere um sich herum übersah und sich an nichts erfreuen konnte. Immer wieder wurden einige seiner Kameraden abgeerntet, aber er war nie dabei. Das machte ihn traurig und noch ärgerlicher. Er musste doch nun endlich groß genug sein, um auch an der Reihe zu sein. Seit Tagen schaffte die Ratte unter dem Komposthaufen es nicht mehr, über ihn hinwegzuhüpfen, stattdessen musste sie nun um ihn herumkriechen, was ihn mit Stolz erfüllte.

Eines Tages, es war bewölkt, da kamen die Kinder wieder an den Komposthaufen, sie aßen keinen Apfel und ehe er sich versah, pflückten sie ihn ab. Der Schmerz war kurz und stark, als man ihn abtrennte und die Verbindung zu seinen Kameraden Abschnitt, aber er dachte: „Jetzt werde ich auch auf die Reise gehen dürfen." Er freute sich innerlich und war angespannt und aufgeregt auf das, was ihn erwartete.

Aber die Kinder trugen ihn nicht vors Haus, stattdessen legten sie ihn auf einen Tisch im Hof. Der Hausherr kam sodann mit einem großen Messer in der Hand und schnitt ihn zügig auf. Er holte alle seine Kerne heraus und die Kinder kratzen mit Löffeln das Fruchtfleisch aus ihm heraus.

Der kleine Kürbis verstand nicht recht, was das sollte. Das Messer schnitze ein schauriges Gesicht in seine Außenwand und schließlich wurde in seinen ausgehöhlten Körper eine Kerze hineingestellt. Als dies geschehen war, stellte man ihn doch noch vor das Haus, wo er immer hatte hin wollte, aber nicht in das Regal, sondern auf eine Kiste neben einer Sitzbank.

Abends wurde die Kerze angezündet. Ui, wie warm das war! Und jetzt? Der Kürbis konnte sich ja leider nicht sehen. Viele Nachbarskinder liefen vorbei und gruselten sich vor ihm und die Erwachsenen grinsten und lachten. Was war da? Auch am Nachbarhaus sah er so einen ausgehöhlten Kürbis und jetzt musste er ebenfalls grinsen. Das war ein Spaß, die vorbeigehenden Leute zu erschrecken.

Am Morgen, als die Kerze aus war, hatte er wieder Zeit, sich zu erholen. Erst am Abend war wieder seine Zeit und er leuchtet und strahlte hell. „Ich glaube, das ist noch besser, als mit dem Auto wegzufahren. Wie gut die Menschen doch zu mir sind!", dachte er.

Gegen Morgen kam eine kleine Maus, sie nagte an seinem Fruchtfleisch und auch der freche Spatz vom Nachbarhaus stibitzte sich einen Kürbiskern, der beim Aushöhlen vergessen worden war. „Du siehst aber gruselig aus", sagte er und der Kürbis freute sich sehr darüber. Endlich war er ein Großer und hatte eine richtige Aufgabe.

Am nächsten Abend setzte der Regen ein und die Kerze wurde nicht angezündet. Es war kalt und ungemütlich. Morgens kamen die Kinder. „Oh, der Kürbis ist ja nass geworden." Sie schütteten das Wasser aus, aber es war zu viel.

Der Kürbis war aufgeschwemmt. Die Kerze war ebenfalls aufgeweicht und es wurde keine neue hineingestellt. In den nächsten beiden Nächten kam auch keine neue, stattdessen besuchte ihn die dicke Ratte vom Komposthaufen, sie begann, an ihm zu nagen, und ein schwarzer Rabe, der das aufgeweichte Kürbisfleisch gut picken konnte, gesellte sich ebenfalls dazu.

„Hey ihr! Lasst mich!", schimpfte der Kürbis.

„Was denn? Sei froh, dass du uns noch als Futter dienen kannst, deine besten Tage sind sowieso gezählt", krächzte der Rabe.

„Von wegen!", dachte der Kürbis, wenn er trocken war, würde er wieder strahlen und eine neue Kerze bekommen.

Doch es kam anders.

Schon am Tag darauf entdeckte die Hausherrin entsetzt, dass der Kürbis langsam zu faulen begann und sie schnappte ihn kurzerhand und brachte ihn auf den Kompost. Da lag er nun, zusammengesunken und erschöpft. Es stank um ihn herum und zu den Fliegen gesellten sich bald die ersten Ameisen, die weiter an ihm rumknabberten. Er spürte seine Kraft schwinden und entdeckte mit seinem letzten Atemzug die Kürbiskerne, die man ihm entnommen hatte.

Er dachte: „Ihr seid die Nächsten! Genießt die Zeit, in der ihr jetzt noch Ruhe habt und hier zu prächtigen Kürbissen heranwachsen dürft. Genießt eure Jugend auf dem Komposthaufen, bis ihr so endet wie ich. Das ist der Kreislauf des Lebens! Irgendwann ist es vorbei! Vorbei – wie mit allen Geschichten – und dieses war meine!"

Vanessa Dinkel: *Seit 2017 veröffentlicht Vanessa Dinkel im Papierfresserchens MTM-Verlag Kurzgeschichten. In Anlehnung an Hans Christian Andersens Märchen „Der Tannenbaum" entstand diese Erzählung. Die Lehrerin liebt den bunten Herbst und schreibt in ihrer Freizeit gerne Geschichten für Kinder und manchmal auch für Erwachsene. Inspiriert wird sie von den Abenteuern mit ihren Patenkindern und ihrer Heimat, dem Kaiserstuhl.*

Der Geist im Kürbis

Halloween stand vor der Tür. Der kleine Simon war so aufgeregt. Endlich durfte er dabei helfen, einen Kürbis auszuhöhlen. Seitdem er denken konnte, bewunderte der Sechsjährige die vielen Kürbisse jedes Jahr, die ausgehöhlt mit Fratzen verziert wurden und in deren Innerem Kerzenlicht flackerte. Das gruselige Ereignis faszinierte und gruselte ihn gleichermaßen.

„Simon!", rief seine Mutter.

„Ja? Was ist denn Mama?", fragte er zurück. Er war eine Etage über ihr in seinem Zimmer und spielte mit seinen kleinen Autos auf dem Straßenspielteppich. Gerade hatte er eine ordentliche Karambolage zustande gebracht.

„Komm bitte runter. Ich habe hier was für dich."

Sein Herz begann vor Aufregung laut zu klopfen. Vergessen war der Unfall, die Autos blieben achtlos in einem Durcheinander auf dem Teppich. Er sprang auf und rannte die Stufen hinunter. Schlitternd kam er vor seiner Mutter zum Stehen. „Simon! Du sollst nicht immer mit den Socken über die Fliesen rutschen!", schimpfte sie und fuhr ihm gleichzeitig mit der Hand durch die Haare.

„Es macht aber so Spaß", grinste er.

„Bis du dich mal auf die Nase packst."

„Was hast du denn für mich?", wollte er wissen.

„Schau mal auf den Tisch. Da hab ich was hingestellt." Sie raffte ihre Tasche zusammen. „Ich muss noch mal weg. Oma ist da. Sie ist im Garten."

„Okay. Dann bis nachher." Er betrat den Essbereich und seine Augen wurden groß. Ein Kürbis. Ein wunderschöner, riesengroßer, leuchtend orangener Kürbis! „Wow!", entfuhr es ihm. Bedächtig streichelte er mit den Händen drüber.

„Hey! Was willst du von mir?", erklang eine gedämpfte Stimme.

Simon zuckte zurück und sah sich erschrocken um. Aber er sah niemanden. Sein Blick ging wieder zu dem Kürbis.

„Wer ... wer spricht denn da?", fragte er mit klopfendem Herzen.

„Erst sagst du mir, was du von mir willst, du Schuft!"

„Aber ... ich weiß doch gar nicht, wer *ich* ist. Wie soll ich denn dann sagen, was ich von dir möchte?"

„Hm, da hast du recht. Ich heiße Tom."

„Hallo Tom, ich heiße Simon. Und wo bist du? Ich kann dich nicht sehen."

„Du stehst doch direkt vor mir!", sagte die Stimme entrüstet.

Simon war ratlos, denn er sah niemanden. „Ich stehe vor einem Kürbis."

„Ja eben."

Dem Kind stand der Mund offen. Unterhielt er sich gerade wirklich mit dem Gemüse? „Wie kann denn ein Kürbis sprechen?", fragte er verwirrt und betrachtete das orangefarbene Gebilde. Es sah aus wie jedes andere Gemüse, welches seine Mutter in der Küche hatte. Etwas Außergewöhnliches sah er nicht.

„Der Kürbis doch nicht. Ich lebe in dem Teil. Das ist mein Zuhause. Wie du in dem Haus wohnst, wohne ich eben hier."

„Oh."

Aber sie wollten den Kürbis doch aushöhlen und in ein Gesicht verwandeln.

„Ich weiß genau, was ihr vorhabt. Schlag dir das mal ganz schnell aus dem Kopf", sagte Tom entschieden.

„Aber ..."

„Simon! Bist du in der Küche?", fragte seine Oma vom Flur aus. Er hatte sie nicht reinkommen hören. „Äh ja."

In dem Moment, in dem sie den Raum betrat, verschwand der Kürbis einfach vor seinen Augen. Als wäre er nie da gewesen. Verwirrt sah er zum Tisch. Hatte er sich das alles nur eingebildet?

„Tom?", flüsterte er, doch es blieb still.

„Da bist du ja, Junge", begrüßte Oma ihn. „Deine Mutter sagte, wir sollen schon mal anfangen, den Kürbis auszuhöhlen. Wo ist das Ding denn?"

Er sah sie ratlos an. „Ich habe keine Ahnung."

Ihre Augen verzogen sich zu Schlitzen. „Hast du ihn versteckt?"

„Nein!", rief er entrüstet. „Außerdem war das ein sehr großer Kürbis. Wie soll ich ihn denn bitte fortbewegen?"

Sie sah ihn schweigend an. Doch er wich ihrem Blick nicht aus. Er hatte nicht gelogen. Nur wie sollte er ihr erklären, dass er sich zuvor mit dem Gemüse unterhalten und es sich dann vor seinen Augen in ein Nichts aufgelöst hatte?

Den ganzen Nachmittag war eine gedrückte Stimmung zu Hause. Seine Oma und seine Mutter waren böse, obwohl er nichts getan hatte. Somit ging er ohne Abendessen ins Bett, da er keinen Hunger hatte. Nicht einmal „Nacht" gesagt hatte er ihnen. Er war traurig. Als wenn er sich selbst den Spaß verderben würde, auf den er sich am meisten gefreut hatte! Er schaltete das Licht aus und kuschelte sich in seine Decke. Irgendwann war er wohl eingeschlafen.

Doch er erwachte in der Nacht. Etwas hatte ihn aus dem Schlaf gerissen, weil er ständig seinen Namen gehört hatte.

„Was denn?", murmelte er schläfrig und schaltete seine Nachttischlampe an. Mit einem Satz stand er neben dem Bett. „Was machst du denn hier?", fragte er atemlos.

„Ich brauche deine Hilfe", sprach es aus dem Kürbis, der nun auf seinem Nachttisch stand und fast alles runtergerissen hatte.

„Tom, wo warst du?"

„Ich habe mich vor Schreck einfach aufgelöst. Das passiert immer, wenn ich Angst habe."

Langsam setzte sich Simon wieder aufs Bett. „Und wie kann ich dir nun helfen?"

„Kannst du ... bitte deine Hand einmal ... vor den Kürbis halten? Oben am Stiel?"

„Ja sicher." Er streckte sie aus und hielt sie genau dorthin. Plötzlich wurde der Kürbis leicht warm und ein sanftes Leuchten war zu sehen. Aus dem Gemüse kam Stück für Stück ein kleiner Kerl herausgeschlüpft und krabbelte mühsam auf seine Hand.

„Du bist also Tom", sagte Simon und betrachtete ihn. Er sah aus wie eine seiner Lego-Spielfiguren, die seine Mama ihm aus der Zeit ihrer Kindheit geschenkt hatte.

„Ja. Hallo Simon." Der kleine Kerl sah traurig aus.

„Wie kann ich dir helfen?"

Ein wenig druckste er herum. „Weißt du, ich wohne nicht gern in dem Kürbis und ihr möchtet ihn ja für Halloween verwenden. Außerdem würde er irgendwann schlecht werden. Und ich möchte euch nicht den Spaß verderben. Zumal ich mitbekommen habe, dass du Ärger bekommen hast, weil ich einfach weg war."

„Das stimmt."

„Würdest du mir vielleicht helfen, ein anderes Zuhause zu finden?"
Simon überraschte diese Bitte. „Gerne. Nur was ist für dich ein passender Ersatz?"

Tom sah sich in seinem Zimmer um. Dann hüpfte er aufgeregt auf seiner Hand hoch und runter. „Da! Das da! Bitte bring mich hin." Der kleine Junge stand auf und trug Tom auf seiner Hand durch den Raum. Immer weiter in die Richtung, in die der winzige Arm zeigte. Ganz am Rande seines Zimmers, direkt unter dem Fenster, befand sich sein Piratenschiff aus Holz. Sein Opa hatte ihm dies zu seinem sechsten Geburtstag geschenkt. Er hatte es selbst geschnitzt und mit Möbeln im Unterdeck versehen, das ausklappbar war. Simon hockte sich hin. „Meinst du das Schiff?"

„Oh ja! Das ist wundervoll! Darf ich bitte darin wohnen?", fragte Tom und sah ihn mit leuchtenden Augen an.

„Gerne. Wenn du mir versprichst, dass es sich nicht einfach auflöst."

„Das verspreche ich dir. Hier bin ich ja sicher."

„Gut. Dann darfst du dort einziehen." Simon sah zu dem Kürbis hinüber. „Wir müssen nur eine Sache zuvor noch erledigen."

„Stimmt!"

Am nächsten Morgen weckte ihn seine Mutter. „Komm runter in die Küche. Es gibt Frühstück." Simon versuchte zu ergründen, ob sie noch böse auf ihn war. Doch sie sagte nichts weiter und ging.

Kurze Zeit später kam er in seinem Schlafanzug hinunter. Seine Mutter lächelte und seine Oma schüttelte ständig den Kopf. „Ich verstehe das einfach nicht. Maria, ich schwöre dir, er war gestern nicht mehr da!", wiederholte sie.

„Ich weiß. Ich habe es ja mit eigenen Augen gesehen."

Simon sah zum Tisch und erblickte den Kürbis, den Tom und er in der Nacht wieder runtergebracht hatte – zusammen mit einem weiteren. „Warum sind da nun zwei?", fragte er irritiert.

„Papa hat heute Morgen noch einen gekauft, weil der, den ich gestern gekauft habe, ja wie vom Erdboden verschwunden war. Nun haben wir eben zwei zum Schnitzen." Simone grinste in sich hinein. Nun wohnte Tom eben in seinem Piratenschiff und sie hatten statt einem Halloween-Kürbis zwei.

Beccy Charlatan lebt in Düsseldorf.

Einmal im Jahr wird Grenchen zur Kürbismetropole

Technologiestadt im Grünen. So nennt sich das mittelgroße Schweizer Städtchen an der Aare namens Grenchen mit seinen nicht ganz 20000 Einwohnern. Und an beidem fehlt es wahrlich nicht. Am Grün in den Parks und zwischen den Niederungen des Flusses bis hoch zu den Weiden des Juras[1]. Was die Technik betrifft, waren es bis in die 1970er-Jahre die Uhren, welche die Manufakturen brummen ließen. Heute tut es dies in High-Tech-Unternehmen der unterschiedlichsten Sparten. Aber einmal im Jahr sieht es anders aus. Da wird Grenchen zur Metropole der Kürbisse. Zu Ehren des Chürbis[2] wird seit 25 Jahren Ende Oktober die Gränchner Chürbisnacht[3] gefeiert.

Als Alternative zu Halloween. Oder dessen Weiterentwicklung. Denn um die Häuser ziehen und an fremden Türen um Süßigkeiten betteln …, na ja, wieso nicht, aber das höchste der Gefühle ist das nun auch wieder nicht. Da sollte doch mehr möglich sein. Um das auszuloten, streckten Ende November 1996 13 Engagierte, welche als Chürbisnacht-Geischter[4] in die Geschichte eingingen, zum ersten Mal die Köpfe zusammen.

Mit Erfolg. Was im folgenden Herbst als vergleichsweise bescheidene Premiere über die Bühne ging, mutierte während des letzten Vierteljahrhunderts zu einem Happening in Orange, welches Kürbis- und Rübenschnitzer, Kostümschneiderinnen und Wagenbauer schon lange im Voraus auf Trab hält.

Unzählige Kürbisse und noch mehr Rüben braucht es. Und die müssen im Frühjahr angepflanzt werden. Das macht seit Jahren ein Bauer aus der Region. Sechshundert Meter lang ist das Feld. Alle eineinhalb Meter kommt eines der 500 Pflänzchen in den Boden, aus denen je vier Kürbisse wachsen werden. Das gibt summa summarum die 2000 Kürbisse, welche als Hauptdarsteller der Chürbisnacht benötigt werden. Ende September ist Zeit für die Ernte. Und dann kommen sie anmarschiert, die unzähligen Kürbisfreundinnen und -freunde, um ihre Kürbisse in Empfang zu nehmen. Klein und Groß, Freunde, Familien, Vereine und vor allem die Schulkinder.

Vor dem Feiern geht's ans Arbeiten. Arbeiten? Eher nicht, es ist vielmehr ein frohes Werken. Rüben werden in Laternen verwandelt, Kürbisse in fröhliche, furchterregende oder sonstwie gelaunte Gesichter. Und gehämmert wird und die Späne fliegen, wenn die Lichterwagen zusammengezimmert werden.

Am Abend der Chürbisnacht verlöschen in der Innenstadt um 20 Uhr die Lichter entlang der Straßen. Irgendwo – in sicherem Abstand – ein Böllerknall. Er gibt dem Umzug das Zeichen zum Abmarsch. Als erstes sind Trommelwirbel zu hören und Blasinstrumente. Trompete, Tuba, Susafon, Klarinette, Saxafon …

Gemessenen Schrittes intoniert die Stadtmusik das 1996 von einem der Chürbisnachtgeister eigens zu Ehren des Chürbis komponiert Chürbisnachtlied[5]. Am Straßenrand und beim, der Musikgesellschaft folgenden Fußvolk wird kräftig mitgesungen:

Dr Nachtchutz uf em Chileturm,
dä gseht e länge Liechterwurm.
Mit tuusig Bei und gschnitze Fratze,
tuet er sich dur d'Strasse tatzle.
Chürbisgschtaute, Chürbisgsichter,
Runggletüfu, Räbeliechter.
Fratze, Tatze, Liechterpracht!
Hüt isch Gränchner Chürbisnacht!

Marschierten zu Beginn Hundert mit, wurden es schnell einige Hunderte und heute können es leicht 1000 und mehr sein. Zum Teil in weißen Hemden, mit Fackeln, leuchtenden Lampions, Kürbis- und Räbenlichtern in der Hand und glänzenden Augen. Dazwischen große und kleine Lichterwagen. Fantasievoll geschmückt. Vom glitzernden

CHÜRBISNACHT-LIED

Dr Nacht-chutz uf em Chi-le-turm, dä gseht e länge Liech-ter-wurm. Mit tuu sig Bei und gschnitzte Fratze tuet är sich dur d'Strosse tätz-le. Chür-bisastaute, Runggle-tü-fu, Chür-bis-gsichter, Rä-be-liech-ter, Fratze, Tatze, Liech-terpracht! Hüt isch Gränchner chürbisnacht!

91

Tatzelwurm aus zusammengehängten Bollerwagen, zu auf Fahrradanhängern zu transportierenden, geschnitzten Laternenunikaten bis hin zu Kreationen, welche mit Motorwagen gezogen werden müssen. Und wenn das Wetter und der Kalender mitspielen, strahlt als Oberkürbis am Himmel der Vollmond mit.

Schon am Nachmittag wird auf dem Marktplatz an Ständen und in Buden zelebriert, welch Tausendsassa der Kürbis ist. Wobei, was heißt da *der* Kürbis? Über 800 verschiedene Arten gibt es. Dies in den unterschiedlichsten Größen, Formen und Farben. Vom einigen einhundert Kilo schweren Riesenkürbis zum schnuckeligen Zierkürbis.

So vielfältig wie er ausschaut, ist er auch zu verwenden. Schon die Römer benutzten ihn als Transportgefäß. Selbst als Musikinstrument eignet er sich, wie die südamerikanischen Maracas-Rumba-Rasseln beweist. Als Bildhauerin kann man sich statt am Marmor am Kürbis versuchen. Exemplarisch gezeigt an einer geschnitzten Naga, der Schlangengottheit aus der indischen Mythologie.

Wer Hunger hat, kann sich ein vielfältiges Kürbismenü zusammenstellen. Wie wäre es zur Vorspeise mit einer kleinen Portion, nein, nicht Chili con Carne, sondern Chili con Carne y Calabaza[6]? Dann eine Kürbissuppe, in einem Napf serviert und aus Brotteig geformt in Kürbisform. Es folgt der Hauptgang – Kürbisrisotto und Kürbisbratwurst. Und als Entremet[7] ein Stücklein Kürbiskäse. Zum Trinken empfiehlt der Chef das Kürbisbier vom lokalen Bierbrauer. Zum Nachtisch ist Verschiedenes möglich. Ein Kürbis-Muffin, Kürbis-Orangen-Macarons oder anstatt einem Stück Rüebli[8] ein Stück Kürbis-Cake. Als Absacker bleibt der Kürbis-Branntwein. Wessen Bauch schon voll ist, kann diesen auch damit einreiben. Das fördere die Verdauung ebenfalls.

Erstaunlich, zu was der Kürbis geworden ist, der lange im Rufe stand, Tierfutter, bestenfalls ein Armeleuteessen zu sein.

1. Hier: Gebirgszug im Nordwesten der Schweiz
2. Schweizerdeutsch für Kürbis
3. Schweizerdeutsch für Grenchner Kürbisnacht
4. Schweizerdeutsch für Kürbisnacht-Geister
5. Liedtext in Schriftsprache:

Der Nachtkauz auf dem Kirchenturm,
der sieht einen langen Lichterwurm.
Mit tausend Beinen und geschnitzten Fratzen
tut er durch die Strassen trampeln.
Kürbisgestalten, Kürbisgesichter,
Runkelteufel, Räbenlichtlein.
Fratzen, Tatzen, Lichterpracht!
Heute ist Grenchner Kürbisnacht!

6. … y Calabaza (spanisch) … und Kürbis
7. In der französischen Küche Zwischengang zwischen Hauptgang und Nachtisch
8) Schweizerdeutsch für Karotten

Hans Peter Flückiger: *(Text und Bild), 1952 geboren, aus Solothurn (Schweiz). Erst Heimleiter/Spitalverwaltungsfachmann. Später freischaffender Journalist. Erste literarische Texte 2016. Diverse Publikationen in Anthologien und für Blogs. www.geschichten-gegen-lange-weile.com.*

Zeit für den Kürbis

Ein Fest wird vorbereitet
Es war gegen sechs. Die Abendsonne hatte sich angemeldet. In der Fußgängerzone drängelten sich einige Bürger, vor allem junge. Von oben konnte man alles gut beobachten. Vereinzelt trugen sie Kostüme, es gab auch manche Gruppe.

Melvyn Campbell war in Deutschland als schottischer Austauschschüler zu Besuch. In Köln hatte er sich bei der fröhlichen und geselligen Katrin einquartiert. Er stand am Wohnzimmerfenster, guckte eher schlecht gelaunt – setzte sich schnell in seinen Ledersessel zurück. Seine Katrin beobachtete ihn interessiert. Dann, ebenfalls aus dem Fenster schauend, konnte sie die ersten Kinder in Kostümen sehen, die auf einem Bürgersteig mit Grimassen-Gesichtern herumliefen. Sie gaben wilde Sprüche von sich. Und manche johlten. Ein Großgewachsener, der ganz in Verbandszeug eingewickelt war, lachte immer wieder berstend auf. Katrin hätte lachen können ...

„Mein Kürbis, dein Kürbis ... Was heißt das schon?", so Melvyn. Er rutschte nervös auf dem Sessel hin und her. Es war zu erwarten, dass er über Halloween herziehen würde. Das gefiel Katrin nicht. Sie hatte vorgeschlagen, dass sie gemeinsam einen Kürbis aushöhlen. Das Fruchtfleisch schmeckt ja auch sehr gut. Sie würden ein furchterregendes Gesicht aus dem Kürbis schnitzen! Zur Abschreckung gegen die Geister ...

„Wir fangen einfach an, schlage ich vor!", sagte sie. Aber ihr Gast verzog das Gesicht. Es sah so aus, als wäre heute mit ihm gar nichts anzufangen. Dabei war das doch das große Fest seiner schottischen Ahnen, das Halloween-Fest, welches Anfang der Neunzigerjahre des 20. Jahrhunderts aus den USA nach Europa reimportiert wurde. Katrin mochte Halloween, fand es viel unterhaltsamer als Karneval.

„Die Geister, Melvyn, die Geister!", sang sie fast. Er rührte sich in diesem Moment gar nicht. Sie hatte ein prächtiges, orangefarbenes Kürbis-Exemplar besorgt. Der Kürbis lag mitten auf dem Wohnzimmertisch auf einer Holzplatte. Und sie schob den Sessel mit Melvyn an den Tisch. Dieser eine Kürbis, gemeint ist hier der Riesenkürbis aus der Gattung der Kürbispflanzen, spielt bei Halloween wirklich eine wichtige Rolle! Das wollte sie Melvyn gerade sagen, verkniff es sich aber, weil klar war, wie genau er das wusste.

Er starrte den Kürbis erst bloß an, was die begeisterte Katrin störte. Für sie war Halloween ein Spaß, nahm es aber auch todernst, wäre auch gern rausgegangen, um sich einer Gruppe mit Jugendlichen anzuschließen, die sie länger kannte. Schon zweimal erlebte sie mit diesen eine ereignisreiche Nacht. Halloween war einzigartig: So mancher, der die Horrornacht verabscheute, wurde hart rangenommen. Rücksichtnahme auf Gefühle anderer war verpönt.

Ja, so war das einfach: Eine gute Zeit für Kürbisse hieß, dass aus ihnen Gesichter zur Abschreckung all der Geister, der Horror-Gestalten während Halloween geschnitzt werden konnten!

Katrin nahm ein langes Messer, um den Kürbis genau in der Mitte in zwei Hälften zu teilen. Mit einem Löffel entnahm sie das Fruchtfleisch und die Kerne.

Aus Melvyn brach es dann heraus: „Da unten … da unten sind die, die meinen, dass so ein Horror toll ist!" Das kam in einem gestochenen Deutsch mit einem leicht verächtlichen Unterton, als würde es sich eben nicht um eine alte Tradition aus Schottland handeln.

Daraufhin schüttelte Katrin den Kopf. „Du weißt das schönste Fest deines Landes nicht zu schätzen!" Das Fruchtfleisch landete in einer kleinen braunen Schüssel. Dann diente das Messer dazu, aus den zwei Hälften die Gesichter herzustellen. Katrin freute sich. Hingegen saß Melvyn stumm, ohne jedes Interesse, an dem Tisch.

Sie kannte schon seine Meinungen zu Halloween und Schottland. Er sah sich nämlich als moderner, technisch orientierter Bürger, der mit Traditionspflege nichts am Hut hat. Das fand sie langweilig. Melvyn, so dachte sie, sollte sich an Halloween trotzdem ein paar Deutschen anschließen.

Sie saßen nun beide stumm am Tisch. Katrin würde wohl bald die Lust an dieser Vorbereitung verlieren. Melvyn summte einen jetzt unpassenden Rock-Song vor sich hin.

Bekannt war: Die Tradition des Halloween-Festes wurde in Schottland, in Irland, besonders auch in den USA gepflegt, alle Menschen dort kannten sie. An Geister wollten und wollen bis heute so manche glauben. Der Kürbis war ein entscheidendes Mittel im Kampf gegen die vielen Geisterscharen, die durch die Stadt zogen.

„Ich will das nicht, Katrin!", sagte laut Melvyn. Von der Straße her drang Straßenlärm hoch zum Fenster. Katrin wäre nur zu gern aus der Wohnung gerannt! Sie lachte wieder, versuchte dadurch, die Stimmung zu heben. Melvyn blieb aber finster.

Das Ereignis

Etwa eine Stunde später. Die Straßen hatten sich gefüllt. Es wurde geplappert, gerufen und geschrien. Angstmache war angesagt. Ein großer Spaß, oder? So viele Kürbisse und all die potthässlichen Fratzen gab es – ein wildes Durcheinander der Gestalten, Stimmen und Gefühle. Die Kostüme waren teilweise ziemlich schrill. Alt und Jung mischten sich. Melvyns plötzliches Bedürfnis, nach draußen unter die Leute zu gehen, erstaunte Katrin. Dennoch folgte sie ihm schnell. Sie wurde zur Beobachterin der folgenden Szene:

„Warum ich jetzt draußen herumstehe?", fragte Melvyn und lachte dann doch noch. Die Leute ringsherum wurden unruhig. Es wurde kalt, ganz ungemütlich. Fratzen drängten sich nun um Melvyn. Dann kam es ihm vor, als würde es gefährlich werden. Aber er zeigte Furchtlosigkeit. Wollten sie ihn belästigen?

„Ich bin gekommen, um euch zu zeigen, was für ein toller Kerl ich bin!", tönte er laut. Der, der es gehört hatte, kam allerdings aus dem Gelächter nicht mehr heraus. Autoreifen quietschten weit entfernt. Eine Polizeisirene heulte auf. Blitzlichter, blinkende Neonreklamen, erleuchtete Schaufensterauslagen.

„Was bist du denn für ein … Typ!?", fragte der Mensch, der so lachte. Er schwang eine lange rote Keule. Sein Gesicht sah auf einmal düster aus. Dann trat er auf Melvyn ein. Der wich zurück.

Melvyn antwortete nicht, wahrscheinlich dachte er ans Abhauen, blieb aber stehen. Es landete ein schwerer Schlag mit der Keule in seinem Nacken. Er stürzte zu Boden …

Kay Ganahl, *Jahrgang 1963 mit dem Lebensmittelpunkt Solingen/NRW, von Beruf Diplom-Sozialwissenschaftler und Schriftsteller, begann in jungen Jahren, sich mit Literatur, Politik und Philosophie auseinanderzusetzen, sodass es selbstverständlich war, diese Interessen mit dem Studium der Sozialwissenschaften weiter zu verfolgen.*

Ein Kürbisleben
in einem Blumentopf

Nach einem langen und frostigen Winter war der Frühling über die kleine Gemeinde am Fuße eines riesigen Berges eingekehrt. Krokusse und Tulpen blühten in voller Pracht und die alte Platane am Ortseingang war schon lange aus ihrem Winterschlaf erwacht. Eine alte, glückliche Dame lebte mit ihrem Mann am Feldrand in einem urigen Holzhaus. Auf den Wiesen an ihrem Haus standen zwei Apfelbäume, drei Birnenbäume und ein riesiger Kirschbaum. Neben ihrem Haus hatte sie einen kleinen Gemüsegarten angelegt und überall rund um ihr Haus wuchsen die verschiedensten Wildkräuter. Weil sie die Wildkräuter täglich aß und immer ein Heilmittel für jedes Wehwehchen aus ihrem Garten zupfen konnte, nannte man sie im Dorf liebevoll die Kräuterhexe.

Von ihrem Lieblingsplatz im Garten aus konnte die Kräuterhexe in die weite Natur blicken. Jeden Abend saß sie auf einem mächtigen Baumstamm und genoss die frische Luft. An einem ganz gewöhnlichen späten Frühlingstag saß sie friedlich in der Abendsonne. Plötzlich zog eine kräftige Böe durch ihren Garten. Sie vernahm ein Flüstern, das den meisten anderen Ohren verborgen blieb. Gespannt horchte sie auf und lauschte den flüsternden Worten, die der Wind von einem fernen Ort zu ihr getragen hatte.

Ein sanftes Lächeln umspielte ihren Mund und sie nickte langsam. Der Wind ließ nach und sie saß noch eine Weile schweigend da. Als die Sonne sie nicht mehr wärmte, stand sie auf und ging hinüber zu der kleinen Laube hinter ihrem Gemüsegarten. Dort wühlte sie durch ihre Saatgutkiste. Zufrieden zog sie ein Tütchen heraus und schüttelte vier ganz gewöhnliche Kürbiskerne in ihre Handfläche. Sie wählte einen aus und legte die anderen wieder zurück in das Tütchen. Den auserwählten Kern legte sie zwischen ihre Finger und küsste ihn wach. Leise sagte sie: „Du wirst eine starke und gesunde Pflanze werden." Sie legte ihn in eine kleine Schale und begoss ihn mit Wasser. Nun war es auch für den Kürbis Zeit, aus seinem Winterschlaf aufzuwachen.

Bevor sie an diesem Abend in ihr Haus ging, suchten ihre Augen den Gemüsegarten ab. Gleich hinter den Ranken fand sie eine große freie Stelle. Zufrieden legte sie sich an diesem Abend hin und träumte von zwei einzigartigen Kürbissen, die sie in diesem Herbst aus ihrem Garten ernten würde.

Jeden Tag schaute die Kräuterhexe nach ihrem Keimling, der sich ganz prächtig entwickelte. Zu sehen, wie ein Saatkorn zu einer Pflanze heranwuchs, erfüllte die Kräuterhexe mit purer Lebensfreude. Als die Pflanze kräftig genug war, setzte sie das Pflänzchen in eine ausgewählte Erde. In aller Ruhe konnte die Pflanze im Schutz der Laube Wurzeln schlagen.

Als auch der letzte Frost vorbei war, war es an der richtigen Zeit, die mittlerweile starke Pflanze in den Gemüsegarten umziehen zu lassen. An einem sonnigen Tag setzte sie die kleine Kürbispflanze in den Garten. Nun vergingen die Tage wie im Flug. Während der Kürbis an der Seite der anderen Pflanzen zu einem großen Fruchtgemüse heranwuchs, ging die Kräuterhexe ihren Aufgaben nach. Mit Wohlwonnen trocknete sie essbare Kräuter, braute Tinkturen und genoss einen wunderbar frühen Sommer im Schatten ihrer Obstbäume.

Es war ein herrlich sonniger Tag, als die Kräuterhexe endlich zwei Blüten an der Kürbispflanze entdeckte. Sie jubelte und erfreute sich an den summenden Insekten in ihrem Garten. Wenige Tage später bildeten sich hinter dem Blütenstand zwei kleine Früchte.

Eines Morgens sah sich der Kräftigere der beiden in dem Garten um. Er war munter und ausgeschlafen. Fröhlich bestaunte er seine neue Heimat. Als ihm eine Elster auf dem Zaun auffiel, rief er ihr zu: „Schönen guten Morgen! Ist das nicht ein wundervoller Ort hier?"

Die Elster nickte und rief: „Oh ja, dieser Garten ist das Paradies auf Erden." Fröhlich breitete sie ihre Flügel aus und flog davon.

Der größere Kürbis schaute ihr eine Weile nach, dann reckte er sich und murmelte: „Ob noch ein anderer Kürbis erwacht ist?" Er schälte sich durch die breiten und großen Blätter der Kürbispflanze und entdeckte einen kleinen Kürbis. Gut gelaunt rutschte er näher zu ihm heran und fragte: „Na, bist du auch schon wach, Bruder?"

Doch der kleine Kürbis schlief noch tief und fest und gab keinen Ton von sich. Sanft streichelte er seinen kleinen Bruder und sagte: „Ich freue mich schon, wenn du aufwachst. Ich wette, dir gefällt es hier genauso gut wie mir. Wir werden hier ein sehr gutes Leben haben."

Es vergingen noch viele weitere Tage, bis der kleine Kürbis endlich seine Augen öffnete. Verschlafen streckte er sich und schaute sich unsicher um. Kmut stand etwas abseits und unterhielt sich gerade mit einer großen Weinbergschnecke. Gespannt horchte er auf, als er ein Rascheln unter den Blättern vernahm.

Kurz darauf hörte er eine piepsige Stimme: „Wo bin ich denn hier gelandet? Hier sieht es ja aus wie in einem richtigen Urwald. Ich hätte viel lieber noch weiter geschlafen ..."

Kmut rief fröhlich: „Oh nein, lieber Bruder. Dann würdest du ja den ganzen Spaß verschlafen. Ich bin froh, dass du endlich wach bist."

Unsicher fragte Kangst: „Wer spricht da?"

Kmut lachte kräftig, schob ein Blatt zur Seite und grinste Kangst breit an. Erschrocken fuhr Kangst herum und kniff seine Augen zusammen. Ängstlich flüsterte er: „Oh nein! Bitte deck mich schnell wieder zu. Jetzt sieht es ja noch wilder aus!"

Kmut lachte und sagte freundlich: „Mein Lieber, das hier ist das Paradies. Ich sag dir, ich war noch nie zuvor an einem so schönen Ort. Koste das Wasser!"

Doch Kangst war davon nicht zu überzeugen. Verbittert murmelte er: „Nein, nein, nein. Ich erinnere mich an so verwilderte Orte wie diesen hier. Warte nur ab, bis dich ein Mensch platt tritt oder dir einfach den Kopf abschneidet! Nur um dein Fleisch herauszulöffeln und eine Grimasse in deinen Körper zu schlitzen. Dann stellt man dich vor die Tür und setzt dir eine Kerze in deinen ausgehöhlten Körper. Das ist ein furchtbares Gefühl. Erinnerst du dich etwa nicht mehr an all die Gräueltaten, die wir erlitten haben? Weißt du nicht mehr, wie sie uns einfach im Beet liegen gelassen haben und wir verschimmelt sind? Nein, ich traue den Menschen nicht mehr. Genauso gut können sie mich jetzt schon auf den Kompost werfen!"

Kmut schüttelte den Kopf und sagte: „Kangst, komm aus deinem Versteck raus. Ich weiß, wir haben viel Furchtbares erlebt. Doch hier ist es anders. Vertrau mir. Komm, lass uns dieses Leben genießen! Wir werden uns zur Erntezeit von unserer schönsten Seite zeigen. Was sagst du?"

Eine Weile schwieg Kangst. Dann sagte er verbittert zu Kmut: „Ich glaube, du erinnerst dich nicht mehr an das, was unserer Art angetan wurde. Du bist ein seltsamer Kerl."

Energisch schüttelte Kmut den Kopf und sagte mit fester Stimme:

„Doch, ich erinnere mich noch. Doch was nützt es uns, die ganze Zeit darüber nachzudenken? Das Einzige, was zählt, ist dieser Moment. Wir können an der Vergangenheit nichts ändern. Lass uns das Beste aus unserer gemeinsamen Zeit machen und zu den größten Kürbissen heranreifen. Wer weiß, vielleicht gewinnen wir sogar gemeinsam einen Preis."

Kangst schob sich dicht unter den Stiel der Kürbispflanze und nuschelte: „Nein. Nicht mit mir. Das kannst du alles schön alleine machen. Ich suche mir ein sicheres Versteck. Diesmal werde ich mich vorbereiten."

Kmut schob sich dicht an Kangst heran und sagte zärtlich: „Lern doch erst die nette Frau kennen, die sich um all die Pflanzen in diesem Garten kümmert. Vielleicht änderst du dann ja doch deine Meinung. Koste mal den nährstoffreichen Boden."

Doch der kleine Kangst hörte Kmut schon gar nicht mehr zu, denn er war tief unter die Blätter gekrabbelt, um ein geeignetes Versteck zu finden. Kmut schaute seinem Bruder nach und sprach leise: „Ich wünschte, ich könnte dir deine Angst nehmen …"

Am nächsten Morgen kam die Kräuterhexe schon früh in den Garten. Sie bestaunte Kmut und sammelte ein paar Schnecken ein. Dann schob sie sanft die Blätter der Kürbispflanze zur Seite und murmelte: „Hm … wo ist denn nur der andere Kürbis geblieben?" Sie hob die Blätter an und suchte den Stil der Kürbispflanze ab. Als sie sich hinhockte und das Beet absuchte, fiel ihr ein umgekippter Blumentopf auf. Sie wollte ihn gerade hochheben, da sah sie die Fußspuren von einem Igel und einer Krähe. Vorsichtig schaute sie in den Blumentopf hinein und entdeckte Kangst, der sich ganz in die hinterste Ecke gezwungen hatte. Sie lächelte versonnen und sagte liebevoll: „Na, da hast du dir ja ein gutes Versteck ausgesucht. Es ist bestimmt gemütlich und herrlich warm da drin." Der kleine Kürbis zitterte am ganzen Leib und drückte sich immer tiefer in die Ecke. Behutsam strich die Kräuterhexe über seinen Kopf und sagte: „Mein kleiner Topfkürbis. Ich passe auch gut auf dich auf."

Kangst wurde ein ganz kleines bisschen warm ums Herz. Doch sofort schüttelte er die rosaroten Gefühle ab und sagte streng, als die Kräuterhexe verschwunden war: „Ich lasse mich nicht so leicht um deinen Finger wickeln!"

Fröhlich summend schaute die Kräuterhexe mehrmals am Tag nach ihren Pflanzen und beobachtete, wie diese täglich wuchsen. Während die anderen Pflänzchen sich der Sonne entgegenreckten und immer größer und größer wurden, blieb Kangst in seinem Versteck ganz für sich allein. Er hatte viel zu viel Angst, aus seinem schützenden Blumentopf herauszuklettern. Nur manchmal sprach er mit einer maulenden Schnecke ein paar Worte. Die beschwerte sich nur zu gern bei ihm darüber, dass die Kräuterhexe sie immer wieder aus dem Garten trug. Denn dann musste die Schnecke den ganzen weiten Weg zurückkriechen. Manchmal drang auch das Gemecker der Ameisen durch den Blumentopf zu ihm. Sie schimpften über manchen Käfer und hetzten über die große Kreuzspinne.

Kangst verbrachte einsame und trübselige Tage in seinem Versteck. Die Tage waren oft genau so dunkel und kalt wie die Nächte. Die anderen Pflanzen mieden Kangst, denn sie fühlten sich aufgrund seiner mürrischen Art unbehaglich in seiner Nähe.

Nur Kmut schaute jeden Tag bei seinem kleinen Bruder vorbei und fragte ihn unermüdlich, ob er nicht doch mal rauskommen wollte. Fröhlich fragte er: „Und, mein Lieber, hast du heute Lust, herauszukommen?"

Ein mögliches Ende in der dunkelrosa Welt von Kangst im Blumentopf ...

In Kangst nagte der Zweifel, doch die Angst vor den Gefahren außerhalb seines Blumentopfes überwog und so antwortete er kurz und knapp: „Nein. Danke."

Kmut nahm sich allerdings den Schwermut seines Bruders nicht an. Bevor er sich abwandte, sagte er: „Vielleicht änderst du ja morgen deine Meinung." Er rutschte gut gelaunt zurück zu den Gurken und witzelte mit ihnen herum.

Von seinem einsamen Versteck aus konnte Kangst das johlende Gemüse hören, doch wenngleich er auch neugierig war, konnte er sich nicht durchringen, aus seinem Versteck zu kriechen und zu ihnen zu gehen. Seine Angst wog schwer und das ungute Gefühl zog ihn tiefer und tiefer in den Topf hinein. Es war nur eine Frage der Zeit, dass der Tag kam, an dem Kmut zu groß und schwer für seine Besuche bei Kangst geworden war. So rief er eines Mittags völlig außer Atem: „Kangst! Ich ... ich ... kann ... nicht ... mehr ... rüber...kommen."

Kangst fuhr erschrocken zusammen. Ängstlich rief er: „Kmut, was ist passiert?" Für einen Moment vergaß er seine Angst und er drückte sich etwas aus dem Blumentopf heraus. Er zuckte zusammen, als er entdeckte, dass Kmut schon doppelt so groß wie er selbst geworden war. Kmut lachte schnaufend und antwortete: „Aber nein. Ich bin einfach zu schwer, um zu dir rüberzurutschen. Von jetzt an bleibe ich genau hier liegen, lasse mir die Sonne auf den Kopf scheinen und esse, bis ich rund und reif bin."

Kangst schluckte schwer und zwängte sich zurück in seinen Topf. Er fühlte in seinen kleinen Körper hinein und war schockiert, dass Kmut schon so riesig geworden war.

Das Klopfen der Elster an seinem Blumentopf riss Kangst aus seinen tiefschwarzen Gedanken. Zwitschernd sagte sie: „Kmut schickt mich. Ich soll dich grüßen und fragen, ob es dir gut geht."

Kangst seufzte: „Ja, es ist alles in Ordnung."

Die Elster pickte noch mal an den Topf und fragte: „Sag mal, willst du wirklich nicht mal rauskommen? Es ist heute ein besonders schöner Tag."

Kangst murmelte nur: „Nein. Danke."

Die Elster schüttelte sich und fragte besorgt: „Hast du überhaupt noch genug Platz da drinnen?"

Er antwortete kleinlaut: „Ja. Es geht schon. Wenn der Platz nicht mehr reicht, mache ich mich noch kleiner. Bestell meinem Bruder beste Grüße bitte."

Kopfschüttelnd flog die Elster davon.

Die Kräuterhexe bestaunte bei jedem Besuch den prachtvollen, großen Kmut. Allerdings war sie ebenso fasziniert vom kleinen Kangst. Ihr Mann gesellte sich manchmal dazu und witzelte, dass sie bei Kangst mal für Zucht und Ordnung sorgen sollte. „Ein Kürbis gehört schließlich nicht in einen Blumentopf", sagte er lächelnd.

Doch sie antwortete nur: „Siehst du denn nicht, dass alles in bester Ordnung ist? Der Kürbis hat sich nur ein zu kleines Gefäß ausgesucht, deshalb kann er nicht größer wachsen."

An weniger trübseligen Tagen schielte Kangst mutig aus seinem Topf heraus. Er konnte nicht glauben, dass Kmut von Tag zu Tag immer weiter wuchs. Kmut war schon gigantisch und Kangst musste sich sehr recken, um seine volle Größe aus dem Topf sehen zu können. Kangst hatte furchtbare Angst und Sorge, dass seinem großen Bruder etwas

Schreckliches passieren könnte. Stets befürchtete er nur das Schlimmste. Die Sorgen über seinen Bruder zogen Kangst mehr und mehr herunter. Er steckte fest in einem Kreis aus düsteren Gedanken, die ihm keine Ruhe ließen.

Eines Tages brummte Kmuts Stimme zu Kangst. Er rief: „Bruder, hast du wirklich immer noch Platz da drinnen?" Die Elster landete auf dem Blumentopf und klopfte mit ihrem Schnabel an.

Ein dumpfer Schrei drang aus dem Blumentopf: „Hör auf! Dein Klopfen dröhnt in meinem Kopf."

Kmuts kräftiges Lachen dröhnte durch den Topf: „Kleiner Topfkürbis, komm endlich da raus. Noch hast du genug Zeit zum Wachsen."

Kangst machte sich noch kleiner und schwieg eine Weile. Dann sagte er mehr zu sich selbst: „Nein. Ich werde hier in Sicherheit friedvoll sterben."

Kmut hatte ihn gehört. Niedergeschlagen seufzte er und sagte betreten: „Ich hoffe, du hast trotzdem ein schönes Leben so ganz allein da drin."

Kangst hörte, wie die Elster wegflog. Dann wurde es furchtbar still in seinem Blumentopf. Er nahm einen tiefen Atemzug und spürte den engen Druck auf seiner Schale. Bislang hatte er sich hier beschützt und sicher gefühlt. Doch zum ersten Mal war der Blumentopf eher wie ein Gefängnis für ihn. Zaghaft versuchte er, aus dem Topf zu rutschen. Doch es war zu spät. Er konnte sich nicht mehr bewegen. Nun war er gefangen in seiner Festung. Kangst wurde plötzlich bewusst, dass er sich für seinen Drang nach Sicherheit und Schutz an ein sehr, sehr kleines Ziel angepasst hatte. Er fragte sich, ob aus ihm auch so ein herrlich großer und prächtiger Kürbis hätte werden können. Im Vergleich zu seinem Bruder war er ein mickriger, kleiner Kürbis. Nur wegen seiner Unsicherheiten und Ängste hatte er sein wahres Potenzial in diesem Leben nicht kennengelernt.

Dann kam der Tag der Ernte. Die Kräuterhexe hatte sich für das Erntedankfest fein zurechtgemacht und kam am frühen Morgen summend in den Gemüsegarten. Mithilfe ihres Mannes hievte sie den riesigen Kmut auf eine Schubkarre und schleppte ihn vorsichtig auf die Ladefläche ihres Jeeps. Kangst war sich sicher, dass sie ihn einfach achtlos in ihrem Garten liegen lassen würde.

Da hatte er sich getäuscht.

Als Kmut verladen war, lief sie geradewegs auf ihn zu und hockte sich neben ihm. Lächelnd sagte sie: „So, mein Kleiner, du fährst auf meinem Schoß mit zur Festwiese." Mit einem glatten Schnitt durchtrennte die Kräuterhexe den Stil und nahm den Kürbis in dem Topf mit sich. Auf der Fahrt zur Festwiese saugte der zierliche Kangst die Welt, von der er bislang so wenig gesehen hatte, gierig auf. Auf dem Preistisch stellte sie Kangst direkt neben Kmut. Völlig fasziniert bestaunten die zwei die vorbeilaufenden Menschen und die anderen prächtigen Gemüsesorten, die alle wundervoll gewachsen waren. An diesem wunderbaren Tag bekam Kmut eine riesige Schleife aufgelegt. Er hatte den ersten Preis für den prächtigsten Kürbis gewonnen. Die Kräuterhexe bekam eine wundervolle Erntekrone überreicht, die über und über mit wunderschönen Blumen dekoriert war.

Und alle drängten sich um Kangst, um einen Blick auf den Topfkürbis zu werfen. Jeder aus dem Dorf wollte von ihr wissen, was es mit dem einzigartigen Kürbis auf sich hatte. Sie wollten unbedingt erfahren, wie die Kräuterhexe den Kürbis so perfekt in den Topf gepflanzt hatte. Die Kräuterhexe lachte und sagte ehrlich: „Nein, das war ich nicht. Der Kürbis ist ganz alleine in den Topf gerutscht." Doch das glaubte natürlich niemand der Kräuterhexe. Alle waren sich sicher, sie hatte wieder nur zu viele Wildkräuter genascht …

Überglücklich fuhr die Kräuterhexe an diesem Tag zurück und brachte die beiden Kürbisse in ihre große Holzküche. Sie hob die beiden auf die Arbeitsfläche vor dem Fenster. Zärtlich sagte sie: „Ihr habt beide meine Erwartungen in diesem Jahr bei Weitem übertroffen." Sie strich über Kmut und sagte: „Aus dir, mein Lieber, werde ich Kürbiskompott für den Winter einkochen, einen großen Eintopf zubereiten und den restlichen Teil von dir werde ich einfrieren. So stattlich, wie du geworden bist, werden wir von deinem köstlichen Fleisch den ganzen Winter über gut versorgt sein." Kmut freute sich und strahlte über sein ganzes Kürbisgesicht.

Dann beugte sich die Kräuterhexe vor den Blumentopf und sagte zu Kangst: „Und aus dir, mein einzigartiger Kürbis, werde ich meinen Geburtstagskuchen zubereiten. Ich freue mich jetzt schon, wenn du nächste Woche meinen Geburtstagstisch zierst. Ich wette, du wirst meiner Torte einen ganz besonderen Geschmack verleihen."

Der kleine Kangst wurde in dem Blumentopf ganz rot im Gesicht, doch das konnte die Kräuterhexe natürlich nicht sehen. Sie seufzte und murmelte: „Aus euren Samen werden wir im nächsten Jahr neue Kürbispflänzchen ziehen und ich bin gespannt, in welche Form die sich quetschen werden." Die Kräuterhexe lief schmunzelnd zur Tür, schaltete das Licht aus und ging gemächlich nach oben in ihr Schlafzimmer. An diesem Abend schlief der Topfkürbis dicht an seinen großen Bruder gekuschelt ein. Er träumte groß und voller Zuversicht von seinem nächsten Leben ...

Und dies ist ein anderes Ende in der rosaroten Welt von Kangst im Blumentopf ...

Kangst kämpfte mit sich in seinem Versteck. Es war schrecklich einsam an diesem sicheren Ort und oft langweilte er sich furchtbar. Leise sagte er: „Vielleicht komm ich einmal ein bisschen heraus ..."

Kmut überschlug sich fast vor Freude und wartete gespannt darauf, dass Kangst sich aus dem Topf herauszwängte. Mittlerweile war Kangst auch schon sehr gewachsen und so musste er sich anstrengen, sich wieder herauszuschieben. Doch mit vereinten Kräften zogen und zerrten die Elster und Kmut an dem kleinen Kürbis und schafften ihn in die Freiheit. Als die warme Sonne Kangst auf den Kopf schien, streckte er sich ihr ein kleines Stückchen entgegen und bekam sofort rote Wangen.

Die Elster schnatterte: „Da muss sich deine Schale erst mal an die Wärme gewöhnen." Sie zupfte ein großes Blatt von der Kürbispflanze und legte es Kangst auf den Kopf. Seite an Seite gingen sie zu den Gurken hinüber. Mit großen Augen wurde Kangst begrüßt und willkommen geheißen. Sie spielten Weinbergschnecken kullern und Kartoffelkäfer-Weitwurf, bis sie vor Lachen nicht mehr geradeaus schauen konnten. Als die Abendsonne den Garten in ein sanftes Licht tauchte, lauschten sie dem Vogelgezwitscher und beobachteten, wie die Grillen die schlafenden Marienkäfer-Larven umsetzten.

Kangst legte das Blatt ab und drückte sich an seinen großen Bruder. Leise fragte er: „Meinst du, ich kann auch noch so groß werden wie du?"

Kmut klopfte ihm auf seine Schale und sagte: „Natürlich, du musst nur fest daran glauben. Vielleicht wirst du dann sogar noch ein kleines bisschen größer als ich." Kangst Augen strahlten zum ersten Mal, seit er im Gemüsegarten aufgewacht war. Heimlich blickte er zu seinem vertrauten und sicheren Ort hinüber. Im Schatten, versteckt zwischen den großen Blättern der Pflanzen, lag der Blumentopf.

Die Elster neckte ihn: „Na, hast du Heimweh?" Langsam schüttelte er seinen Kopf und antwortete: „Nein. Eigentlich nicht. Es ist nur so vertraut und ich glaube, der Topf ruft nach mir."

Die schlaue Elster sagte: „Es ist immer schwierig, eine alte Gewohnheit zu brechen. Das Vertraute ist so schön bequem, doch zugleich wird es dir nie etwas Neues schenken. Es wird immer das Vertraute bleiben."

Während Kangst über die weisen Worte der Elster nachdachte, schlief er fast ohne Angst und Sorge neben seinem großen Bruder ein.

Am nächsten Tag führte Kmut seinen kleinen Bruder im Garten herum – so weit der Stil der Kürbispflanze reichte. Kangst war begeistert von den verschiedenen Gemüsesorten und von all den spaßigen Ideen, die die anderen hatten. Er liebte den kräftigen Brennnesselsud und er hüpfte vor Freude auf und ab, als ein erfrischender Sommerregen auf seine harte Schale prasselte.

An diesem Abend schaute auch die Kräuterhexe nach dem Regen im Gemüsegarten vorbei. Sie plauderte mit den Gurken und schimpfte mit den Kartoffelkäfern. Nachdem sie ein paar Weinbergschnecken weggetragen hatte, lehnte sie sich zu dem kleinen Kangst. Er saß schweigend neben seinem großen Bruder. Sie schlug die Hände vors Gesicht und rief: „Ach, das hätte ich nicht für möglich gehalten! Mein kleiner Kürbis hat seine Festung verlassen." Sie kniete sich neben ihn und strich ihm über die Schale. Sanft sagte sie: „Ich freue mich mit dir, dass du deine Angst gegen Mut ausgetauscht hast. Die Lebensfreude hat dich gleich ein bisschen wachsen lassen."

Kangst bekam rote Wangen vor Freude. Diesmal kämpfte er nicht gegen die süßlichen Gefühle an, sondern entschied sich, ein langes Bad in ihnen zu nehmen. Glücklich und strahlend schlief der kleine Kerl ein.

An der Seite seines Bruders erlebte Kangst einen rosaroten Sommer. Im Spätsommer waren die Brüder so groß und schwer, dass sie nur noch auf ihrem Lieblingsplatz liegen bleiben konnten. Genüsslich ließen sie sich die Sonne auf den Kopf scheinen. Schmatzend aßen und tranken sie, bis sie rund und satt waren. Weder die Elster, die Raben, die Weinbergschnecken noch die Gurken konnten glauben, dass

Kangst größer als sein Bruder gewachsen war. Wenn auch die Form des Blumentopf, in die sich Kangst gepresst hatte, dafür verantwortlich war. Als die Kräuterhexe am Abend vor dem Erntedankfest die beiden Kürbisse wog und ausmaß, kam sie auf identische Ergebnisse. Am Tag der Ernte kam die Kräuterhexe mit ihrem Mann, festlich gekleidet, in den Gemüsegarten. Sie kniete sich vor die Kürbisse hin und bewunderte sie ein letztes Mal in ihrem Garten. Stolz sagte sie: „Ihr beiden Beeren habt meine Erwartungen bei Weitem übertroffen, wisst ihr das? Wir werden euch nun auf den Jeep verladen und zum Erntedankfest fahren. Ich bin gespannt, wer von euch beiden den Preis heute erhalten wird."

Die beiden Brüder streckten und reckten sich auf der Ladefläche des Jeeps und schauten sich mit großen Augen auf der Fahrt durch das Dorf um. Seite an Seite saßen sie auf einem feierlich gedeckten Tisch, umgeben von anderen wunderbar gereiften Gemüsesorten. Am Ende des Tages hatte die Jury einstimmig entschieden, dass der erste Preis für die prächtigste Ernte an die zwei Kürbisse ging. Die Kräuterhexe bekam eine wundervolle Erntekrone überreicht, die über und über mit wunderschönen Blumen dekoriert war. Voller Stolz teilten sich die Brüder ihre Auszeichnung und fuhren mit glühenden Wangen nach Hause.

Bevor sie entladen wurden, fragte Kangst unsicher: „Was meinst du machen sie jetzt mit uns?"

Kmut gähnte und antwortete: „Na, was wohl? Sie werden jeden Happen von uns genießen und sich an unserem köstlichen Fruchtfleisch erfreuen. Und tief in unserem Kern speichern wir das schönste Leben, was sich ein Kürbispflänzchen wünschen kann."

Und so kam es auch. Mit der Hilfe ihres Mannes brachte die Kräuterhexe die riesigen Kürbisse in ihre Holzküche. Sie stellte sie auf die Arbeitsfläche am Fenster dicht beieinander und sagte leise in die Nacht hinein: „Danke für diese wunderbare Ernte. Ich werde euer Saatgut weiter verteilen und aus eurem Fruchtfleisch für ein Herbstfest in unserem Garten die feinsten Speisen zubereiten. In diesem Winter werden wir von euren Nährstoffen umsorgt sein."

Überglücklich und zutiefst zufrieden reiften die beiden Brüder in der Küche der Kräuterhexe nach und wurden dann achtsam zu wertvollen Speisen zubereitet. Das Fest neben dem Gemüsegarten war noch Wochen später bei den Dorfbewohnern in aller Munde. Es war ein farbenfrohes Herbstfest und auf dem Buffet hatte die Kräuterhexe herrliche Kürbisspeisen zubereitet. So gab es verschiedene Sorten Kürbiseintopf, Kürbisbrot mit Kartoffel-Kürbis Aufstrich, süße Kürbiscreme, Kokos-Kürbiscremesuppe, deftige und süße Kürbis-Muffins und ein ganzes Blech rohen Kürbiskuchen. Zum Abschied überreichte die Kräuterhexe jedem Gast ein kleines Tütchen. In diesen Tütchen lag jeweils ein getrockneter Kern aus den Siegerkürbissen und eine kleine Notiz, auf der Stand:

Lass mich keimen, zieh mich groß und lass mich selbst entscheiden, wie groß ich wachsen möchte.
Dein Lieblingskürbis.

Und wenn du Glück hast, hältst du auch irgendwann einen einzigartigen Kürbiskern in deinen Händen.

***

Roher Kürbiskuchen:
Rezept von der Kräuterhexe

Menge für eine 20cm Springform. Die Form mit Backpapier auslegen.

Boden:
110 g Mandeln
20 g Buchweizen (wenn möglich aktiviert und zurückgetrocknet)
20 g Kokosflocken
Fein zermahlen.
120 g Datteln
Saft von ½ Zitrone

Hinzufügen und solange in der Küchenmaschine verkneten, bis der Teig bröselig und klebrig ist. Fest in die Form eindrücken und zur Seite stellen.

Füllung:
200 g Speisekürbis nach Wahl, in kleinen Stücken
Zimt
25 g Rosinen
80 g Datteln
2 reife Bananen

Alle Zutaten im Mixer fein pürieren. Bei Bedarf etwas Wasser hinzufügen, jedoch so wenig wie nötig.

2 EL flüssiges Kokosmus
2 EL Flohsamenschalen

Hinzufügen und noch einmal ordentlich durchmixen. Füllung auf dem Boden glatt streichen.

Glasur:

50 g Kokosöl, sanft schmelzen
20 g rohes Kakaopulver
40 g Agavendicksaft

Alle Zutaten cremig verrühren.
Auf die Füllung geben und gleichmäßig verteilen.

Als Dekoration können optional Wallnusshälften und Kakaonibs verwendet werden. Den Kuchen über Nacht im Kühlschrank fest werden lassen. Oder mindestens vier Stunden ins Gefrierfach stellen.

Yvonne a.d.F. Brüntrup

Wünsch dich ins Wunder-Weihnachtsland

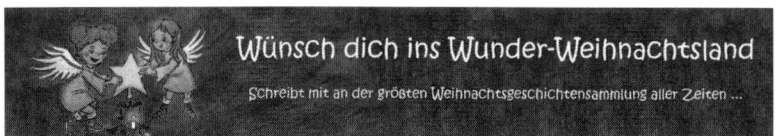

Schreibt mit an der größten Weihnachtsgeschichtensammlung aller Zeiten:

Seit zwölf Jahren sammeln wir mit unseren Wunder-Weihnachtsland-Büchern Geschichten, Märchen, Erzählungen, Haikus, Gedichte … rund um die schönsten Tage des Jahres – die Advents- und Weihnachtszeit. Hunderte von Texten haben uns in den Jahren erreicht – lustige und besinnliche, heitere und nachdenkliche.

Wenn wir alle Geschichten zusammenfassen, haben wir sicherlich eine der größten Weihnachtsgeschichtensammlungen aller Zeiten für kleine und große Leser zusammengetragen. Und wir schreiben weiter am Wunder-Weihnachtsland – 365 Tage im Jahr.

Einmal im Jahr – immer Anfang November – geben wir ein neues, gedrucktes Buch „Wünsch dich ins Wunder-Weihnachtsland" heraus. Alle Bücher gibt es mit der Veröffentlichung auch als E-Book.

Weitere Infos unter:

www.wuensch-dich-ins-wunder-weihnachtsland.de

Mein Garten ... und ich

Von Gartenträumen und kleinen Katastrophen

„Ich hätte weinen können. Erst gestern hatte ich die kleinen Salat-pflanzen in ihr Beet gesetzt, heute Morgen waren sie ratzeputz auf-gefressen. Von den wildesten und gefährlichsten Bewohnern meines kleinen Gartens – den Nacktschnecken ..." Welcher Gärtner kennt sie nicht, diese kleinen und großen Katastrophen, die seinen so liebevoll gepflegten und gehegten Pflanzen oftmals den Garaus bereiten. Doch das alles gerät schnell in Vergessenheit, wenn man nach getaner Arbeit die Früchte seines Schaffens dann doch irgendwann noch ernten kann. Oder seinen Blick über die neu angelegte Blumenwiese schweifen las-sen kann, auf der sich Hunderte Bienen und viele bunte Schmetter-linge tummeln. Geschichten von Gartenträumen und kleinen – oder großen – Gartenkatastrophen suchen wir für unser neues Buchprojekt „Mein Garten ... und ich". Auch über Fotos oder Illustrationen zu den eingereichten Texten würden wir uns sehr freuen.

Die Ausschreibung richtet sich an Autor*Innen jeden Alters. Infos dazu auf unserer Internetseite www.papierfresserchen.de

Einsendeschluss ist der 15. Januar 2023

Unser Buchtipp

Der Apfel ist das beliebteste Obst in Deutschland - knapp 17 Kilo isst jeder Deutsche im Jahr. Doch er kann noch viel mehr: Kaum ein Obst war und ist in so vielen Bereichen ein gewichtiges Symbol. Die Herrscher des Mittelalters regierten mit dem Reichsapfel in der Hand, Newton entdeckte die Schwerkraft, als ihm ein Apfel auf den Kopf fiel, und die berühmteste Stadt der Welt trägt den Beinamen „Big Apple". Auch in der Literatur hat der Apfel seinen festen Platz bereits seit Anfang an. Man denke an Adam und Eva, Schillers Wilhelm Tell oder Schneewittchen, der ein beherzter Biss beinahe zum Verhängnis geworden wäre.

Martina Meier (Hrsg.
Auf den Kern gebracht – Die Apfel-Anthologie
ISBN: 978-3-86196-317-2, Taschenbuch, 134 Seiten

Ferienwohnung Drachennest

Feldkirch / Österreich

Ländlich idyllisch und dennoch stadtnah zentral in Feldkirch-Tosters gelegen, nur einen Steinwurf entfernt von der Schweizer und Liechtensteiner Grenze, finden Sie unsere Ferienwohnung Drachennest, den idealen Rückzugsort vom Alltag. Genießen Sie unsere wunderschöne Ferienregion Vorarlberg in Österreich abseits der Hektik der großen Touristikgebiete.

Brechen Sie zu einmaligen Wanderungen und Radtouren auf – entlang des Rheins zum Bodensee oder entlang der Ill mitten hinein in die Berglandschaft des Ländles. Gut ausgebaute Radwege ermöglichen ein stressfreies Radeln, auch für wenig trainierte Radfahrer, da es auf diesen Wegen nur sehr leichte Steigungen gibt.

Starten Sie die schönsten Motorradtouren in die Alpen direkt vor unserer Haustür. Gerne geben wir Ihnen Tipps für tolle Tagestouren, da wir selbst begeisterte Motorradfahrer sind.

Skifahren? Kein Problem? Erreichen Sie die schönsten Skigebiete Vorarlbergs bequem mit öffentlichen Verkehrsmitteln oder mit Ihrem eigenen Fahrzeug.

Gerne begrüßen wir Sie gemeinsam mit Ihrem Haustier in unserer schönen Ferienwohnung in Feldkirch-Tosters. Und sollten Sie an einem Buch schreiben, so stehen wir Ihnen auf Anfrage gerne hilfreich zur Seite.

Information und Buchung:

www.drachennest.at

115